로또부터 장군까지 4

2023년 8월 21일 초판 1쇄 인쇄
2023년 8월 24일 초판 1쇄 발행

지은이 게르만
발행인 강준규

기획 이기헌 왕소현 임동관 박경무 강민구 조익현
책임편집 오영란
마케팅지원 이원선

발행처 (주)로크미디어
출판등록 2003년 3월 24일
주소 서울시 마포구 마포대로 45 일진빌딩 6층
Tel (02)3273-5135 Fax (02)3273-5134
홈페이지 rokmedia.com E-mail rokmedia@empas.com

ⓒ 게르만, 2023

값 9,000원

ISBN 979-11-408-1202-8 (4권)
ISBN 979-11-408-1132-8 04810 (세트)

CONTENTS

Chapter 1

경례를 안 했다니?

조금 과장해서 대위인 자신보다도 더 군인 같은 놈인데 그놈이 그런 실수를 할 리가 없었다.

'그럴 리가 없는데…….'

그렇기에 이영훈은 현정국이 의심스러웠다.

이 양반 이러는 거 하루 이틀이 아니었으니까.

이영훈의 좁혀진 미간을 본 현정국이 말했다.

"영훈아, 내가 누누이 말하잖냐. 소대장들 너무 믿지 말라고. 네가 군 생활한지 얼마 안 돼서 그럴 수 있는데 군대에선 상급자 말고는 믿는 거 아니다."

"그래도 대한이 군 생활 잘하고 있습니다. 충분히 믿음 가져도 되는 소대장입니다."

"어허, 형 말 들어서 언제 손해 본 적 있냐?"

손해.

솔직히 말하면 있다.

대위들 중 가장 짬이 많은 현정국은 자연스레 군기반장을 맡았고 그로 인해 늘 조언을 하는 역할이었다.

그래서 그의 조언대로 행동한 적도 많았지만 그의 말이 늘 정답은 아니었다.

반면 대한의 경우엔 알고 지낸 진 얼마 되진 않았지만 아직 한 번도 일이 엇나간 적이 없었다.

오히려 자신을 위기에서 구해 주고 칭찬을 들은 적이 더 많았다.

하나 상급자에게 그리 말할 수는 없는 노릇.

이영훈이 사회적 미소를 지으며 대답했다.

"예, 전혀 없었습니다."

"그래, 내가 딱 보니까 걔는 중대장 잡아먹을 소대장이더라. 조심해. 대위 짬 먹고 소대장한테 잡아먹히면 쪽팔려서 군 생활 하겠냐?"

"예, 알겠습니다. 잘 관리하겠습니다."

"오냐, 더운데 고생하고. 형이 해 준 말 고마워서 아이스크림 같은 거 사 오고 그러지 마라."

"뭐 드시고 싶으신 거 있으십니까?"

"내 나이에 무슨 아이스크림이냐. 장난이야. 얼른 내려가 봐. 얼른 가서 병력들 챙겨야지."

"예, 알겠습니다. 고생하십쇼, 충성!"

"어, 충성. 고생해라."

경례를 마친 이영훈은 바로 피엑스로 향했다.

말은 저렇게 해도 현정국 성격상 안 사가면 지랄할 게 뻔했으니.

'에휴, 내 팔자야.'

이영훈의 발이 터덜터덜 피엑스로 향한다.

✳

한편, 대한은 관리병과 함께 아이스크림과 음료수를 주워 담고 있었다.

중대원 전체에게 돌려야 해서 양이 어마어마했지만 다행히 아직 병사들이 피엑스 이용할 시간이 아니라 관리병의 도움을 받아 수월하게 구매를 마칠 수 있었다.

대한이 관리병에게 말했다.

"도와줘서 고맙다. 너 먹고 싶은 것도 골라. 내가 사 줄 테니까."

"감사합니다. 그럼 과자랑 음료수 하나만 고르겠습니다."

"술 빼고 다 골라도 돼."

"하하, 이거면 충분합니다."

잠시 후, 봉지 2개 가득히 아이스크림과 음료수가 담겼고 봉지를 들어 본 대한은 병사 1명 정도는 데리고 올 걸 후회했다.

무게 때문이 아니었다.

군대에선 경례해야 될 오른손을 항시 비워 둬야 해서 그렇다.

그때, 눈치 빠른 관리병이 봉지 하나를 들며 말했다.

"제가 같이 들어드리겠습니다."

"너 일해야 하잖아. 곧 관리관님 오시는 거 아냐?"

"간부님들 도와드리는 건데 관리관님도 이해하실 겁니다."

"그래도……."

피엑스 관리병은 대대 소속으로 대대장 박희재 휘하의 병사이긴 했지만 또 다른 상급자가 있었다.

바로 피엑스 관리관.

보통 군 복무를 오래한 군인들이 전역하고 취업하는 자리로 피엑스 관리병의 관리까지 맡아서 하고는 했다.

물론 직접적으로 지휘를 할 수 있는 건 아니었지만 그래도 피엑스 관리병에 대한 건 늘 대대장과 이야기하는 사람인지라 다른 간부들도 피엑스 관리관을 존중하는 의미로 피엑스 관리병을 함부로 대하지 않았다.

그때였다.

갑자기 이영훈이 나타난 건.

"대한이 아냐? 너 체력 단련 안 하고 왜 여기 있냐?"

"충성! 중대장님, 오셨습니까?"

대한의 경례를 받아 준 이영훈 대한이 구매한 것들을 보고 바로 상황을 알아차렸다.

"애들 먹을 거 샀구나? 네 카드로 결제했냐?"

"예, 그렇습니다. 근데 중대장님은 어쩐 일로 오셨습니까?"

"나도 아이스크림 사러 왔지. 야, 근데 결제 취소하고 내 걸로 해. 월급도 적은 놈이 무슨."

"아닙니다. 다음에 중대장님이 사주십쇼. 피엑스라서 얼마 안 합니다."

"얼마 안 하는 건 아는데, 네 월급도 얼마 안 되잖아, 짜샤."

"이거 월급이 아니라 제 개인 카드로 산 거라서 괜찮습니다."

"개인 카드?"

개인 카드라는 말에 순간 대한의 집이 떠올랐고 이영훈은 자기도 모르게 대한의 말을 수긍할 수밖에 없었다.

"그래, 그럼 뭐…… 그럼 봉지 하나는 내가 들어 줄게. 이게 무거워 보이네. 얼른 가자, 아이스크림 녹을라."

"감사합니다. 근데 무거운 건 이게 더 무거운 것 같습니다."

"아냐, 이게 더 무거워. 자, 얼른 가자~."

"중대장님?"

장난치며 연병장으로 이동하는 두 사람.

그렇게 연병장으로 가는 길, 이영훈이 대한의 이름을 조심스럽게 불렀다.

"대한아."

"예, 중대장님."

"그…… 아니다."

"……?"

마침 둘만 있는 시간.

이영훈은 좀 전에 현정국에게 들은 이야기를 대한에게 물어보려다 이내 관두었다.

"왜 그러십니까?"

"아냐, 아무것도. 얼른 가자."

"예."

뭐지?

왜 말을 하려다 마는 걸까?

대한은 궁금했지만 더 물어보지 않고 서둘러 연병장으로 이동했다.

이윽고 연병장에 도착하자 그곳에는 기진맥진한 상태로 탄약통 위에 주저앉아 있는 안유빈을 볼 수 있었다.

안유빈을 본 이영훈이 고개를 모로 기울였다.

"쟤 정훈 아냐? 쟤가 왜 저기 있냐?"

"아, 그게……."

대한은 안유빈이 왜 저기 있는지 설명해 주었고 사정을 들은 이영훈이 헛웃음을 터뜨리며 다가갔다.

"야, 뭐하냐?"

"어, 충성. 중대장님 오셨습니까?"

"그래, 나 왔다. 근데 갑자기 무슨 바람이 불어서 이러고 있어? 얼굴만 보면 다 죽어 갈 것 같은데."

말 그대로였다.

주변의 구릿빛 피부 중대원들 때문인지 뽀얀 피부를 가진 안유빈은 유난히 더 연약해 보였다.

이영훈의 물음에 안유빈이 어색하게 웃으며 답했다.

"하핫, 새로운 체력 단련법이 도입됐다길래 궁금해서 저도 한번 해 봤습니다."

"체험해 보려는 자세는 좋다만 체력은 확실히 길러야겠다. 음료수 마셔라."

"옙, 감사합니다."

대한이 중대원들에게 사 온 아이스크림과 음료수를 나눠 주는 사이, 이영훈도 자연스레 안유빈의 옆에 앉아 캔 마개를 뜯었다.

음료수 덕에 조금 살아난 안유빈이 넉살 좋게 말했다.

"그나저나 중대장님은 좋으시겠습니까?"

"왜?"

"대한이 같은 애가 밑에 있으면 군 생활 할 맛 나지 않으십니까?"

"후후, 다들 부러워하지. 그래서 내가 많이 아끼는 중이다."

"많이 아껴 주십시오. 안 그래도 아까 정작과 왔다가 괜히 털리고 갔습니다."

"털려? 누구한테?"

"모르셨습니까? 작전장교님이 일부러 트집 잡아서 대한이 좀 터셨습니다."

"그래? 대한이가 뭐 잘못한 건 아니고?"

"에이, 아시지 않습니까. 저번 축구 때 이후로 작전장교님 대대 간부들 별로 안 좋아하시는 거. 이번에 대한이가 털린 것도 경례 때문에 털렸는데 대한이는 똑바로 경례했는데 아무도 경례 안 받아 줘서 손 내렸다가 털린 겁니다. 근데 아시지 않습니까, 단 정작과는 원래 쫌찌들 경례 잘 안 받아 주는 거."

"……그래?"

안유빈의 말을 들은 이영훈은 자기도 모르게 웃음을 띠우고 말았다.

그래.

그럼 그렇지.

대한이가 그럴 리가 없지.

이영훈의 미소를 본 안유빈이 물었다.

"왜 그러십니까?"

"아냐, 아무것도."

이영훈은 좀 전에 대한이에게 현정국 얘기를 안 한 걸 다행으로 여겼다.

그리고 동시에 확신을 얻었다.

현정국이 직속 선배이긴 하나 이번 일을 계기로 이젠 더 이상 믿고 의지할 수 있는 존재가 아니란 걸 말이다.

그쯤 아이스크림을 모두 돌린 대한이 남은 아이스크림들을 들고 두 사람에게 왔다.

"중대장님, 이거 아이스크림 좀 남았는데 가져가시겠습니까? 아까 아이스크림 사러 오셨다가 구매 못 하셨지 않습니까."

그래.

그랬었지.

애초에 피엑스에 간 것도 현정국 때문이었으니까.

하지만 이젠 마음이 바뀌었다.

"아냐, 됐어. 갑자기 필요 없어졌어. 넌 안 먹냐?"

"전 괜찮습니다. 그럼 이제 곧 휴식 마치고 다시 체력 단련 실시할 건데…… 혹시 계속 같이하실 겁니까?"

대한이 안유빈을 향해 묻자 안유빈이 고개를 내저으며 말했다.

"아니 이제 됐어. 체험은 한 번이면 족해. 그보다 대한아, 나 물어볼 게 좀 있는데."

"예, 편하게 물어보시면 됩니다."

"다음 주에 인성 교육 할 때 취재진들 좀 불러도 되냐?"

"취재진 말씀이십니까?"

"응, 기사도 기산데 영상으로 제작해도 괜찮을 것 같아서. 우리가 작전사랑 가까워서 가능성이 좀 있을 것 같거든. 그러니 이따 업체한테 연락해서 좀 물어봐 줄래? 혹시라도 부담스러워할 수도 있잖아."

부담스러워하긴.

두 손 들고 환영할 게 분명했다. 그들은 최대한 많은 노출을 원했으니까.

그렇기에 대한은 자신 있게 대답할 수 있었다.

"가능하다면 무조건 오케이 할 겁니다. 걱정하지 않으셔도 됩니다."

"그래도 혹시 모르니 물어보고 연락해 줘. 허락 떨어지면 대대장님한테는 내가 말씀드릴 테니까."

"예, 알겠습니다."

박희재 쪽도 별로 걱정되지 않았다.

부대가 잘하는 게 있어서 국방일보에서 나온다는데 그걸 싫어할 지휘관이 어디 있겠는가?

이어서 안유빈이 물었다.

"그리고 지금 하고 있는 체력 단련도 기사화해도 괜찮아?"

"이걸 말씀이십니까?"

"응, 내가 직접 해 보니까 공병부대는 물론이고 최전방에 있는 부대들도 충분히 할 수 있는 훈련 같아서 말이야. 우리야 후방부대라 뜀걸음 할 공간이 넉넉하게 있지만, 최전방 초소 같은 곳에선 뜀걸음 못하잖아. 근데 이걸로 체력 단련하면 충분히 운동이 될 것 같은데? 안 그렇습니까, 중대장님?"

충분히 가능한 일이었다.

안유빈의 말마따나 탄약통 달리기는 연병장처럼 큰 장소가 필요한 것도 아니었고 말 그대로 탄약통만 있으면 얼마든지 가능한 운동이었으니까.

'그래서 갑자기 체험해 보겠다고 한 거구만.'

어찌 보면 참된 기자 정신이었다.

그때, 안유빈의 물음에 이영훈이 한껏 뿌듯해진 표정으로 답했다.

"당연히 되고말고. 근데 이거 기사화 할 때 내 이름도 좀 언급해 줘라. 이거 아이디어 자체는 내가 낸 거야. 물론 탄약통 보완은 대한이가 한 거지만."

"둘 다 이름 올릴 수 있도록 신경 쓰겠습니다. 그럼 말 나온 김에 사진도 좀 찍어 가도 되겠습니까?"

"아휴, 그럼 당연히 되지. 그치 대한아?"

"물론입니다. 혹시 카메라 준비해 오셨습니까?"

"금방 가져올게. 조금만 기다려."

"예, 알겠습니다. 카메라 가져오시면 바로 레디 액션하겠습니다."

두 사람의 협조에 안유빈이 신난 표정으로 얼른 카메라를 가지러 간다.

그 사이, 이영훈이 짐짓 흐뭇한 표정으로 대한을 바라보며 말했다.

"대한아."

"예, 중대장님."

"형이 너 많이 아끼는 거 알지?"

"아, 네. 항상 감사하게 생각하고 있습니다."

"난 항상 너만 믿는다. 그러니까 우리 앞으로도 잘하자."

이 양반이 갑자기 왜 이러지?

그러나 이런 적이 한두 번도 아니라 대수롭잖게 대답했다.

"예, 앞으로도 열심히 하겠습니다."

"그래 그래. 뭐 필요한 건 없고?"

"필요한 거라면⋯⋯."

그때, 대한의 시야에 체력이 빠져 푹 퍼져 있는 중대원들이 보였고 마침 좋은 생각이 떠올랐다.

"필요한 건 없고 좀 이따 도움을 좀 주셨으면 하는 게 있습니다."

"도움? 뭔데 말만 해. 형이 다 들어줄 테니까."

"감사합니다. 그럼 지금 중대원들 체력이 많이 빠져서 그런데 정훈장교가 와서 촬영할 때 중대장님이 훈련 모델로 서 주시면 안 되겠습니까?"

"내, 내가?"

"이번 훈련 아이디어, 중대장님이 내신 거잖습니까."

"그렇긴 한데⋯⋯ 알겠다."

"감사합니다."

이영훈의 대답을 들은 대한의 입가에 미소가 씩 그려진다.

잠시 후, 안유빈이 카메라를 들고 나타났고 대한은 기다렸다는 듯이 외쳤다.

"자, 아까 내가 말한 인원들 전부 나와 봐."

그 말에 자리에서 일어나는 몇몇 중대원들.

그들은 대한이 미리 지시한대로 웃통을 벗고 나왔는데 특별히 엄선해서 뽑은 이들이라 하나같이 상체 근육이 잘 발달한 인원들이었다.

"사진 찍어야 돼서 일부러 웨이트 하는 애들로만 뽑아 봤습니다."

"그래?"

그때, 대한도 웃통을 벗었다.

"뭐야, 넌 왜 벗어?"

"중대장님 뛰시는데 어떻게 제가 안 뛸 수 있겠습니까."

"아니 그건 그렇다 쳐도 넌 왜 벗냐고."

"병사들도 벗는데 저도 벗어야 그림이 예쁠 것 같아서 벗었습니다."

"아이씨, 그럼 나도 벗어야 하잖아."

"에이, 아닙니다. 중대장님은 안 벗으셔도 됩니다."

하지만 모델 모두가 벗었는데 어떻게 자기만 안 벗을 수가 있을까?

그래도 다행인 점이라면 이영훈도 대한 만큼 최소한의 관리가 되어 있다는 것.

출발선에 선 이영훈이 물었다.

"너 이 색기, 처음부터 이럴 작정이었지?"

"하핫, 무슨 말씀을 하시는 건지 잘 모르겠습니다. 그나저나 하시는 김에 중대장님도 체력 단련 체험 확실하게 해 보시는 게 어떠시겠습니까? 병사들한테 모범도 보이실 겸."

"됐다, 내가 그런 거 해서 뭐 해. 그리고 모범은 무슨. 안 해도 잘들 하는 것 같구만."

"에이…… 설마 자신 없으셔서 그러십니까? 전 이제 소위고 애들도 힘 다 빠졌는데."

"하…… 야, 나 3km 달리기 할 때 단 한 번도 1등 아닌 적이 없었다. 해."

"그럼 기대하겠습니다. 자, 그럼 다들 주목!"

"주목!"

대한의 말에 중대원들이 모두 주목했고 대한이 이어서 말했다.

"무려 중대장님께서 친히 뛰어 주시는데 다들 응원 열심히 해라. 알겠지?"

"예, 알겠습니다!"

"모델 겸 해서 새로 뛰는 거지만 정식으로 하는 단련이기도 하니까 룰은 아까와 똑같이 꼴찌만 한 바퀴 더 뛰는 걸로 하자.

괜찮지?"

"예!"

"중대장님, 괜찮으시겠습니까?"

"허, 참나. 야, 나는 1등 아니면 안 하는 사람이라니까?"

"좋습니다. 그럼 바로 시작하겠습니다."

묘하게 대한의 페이스에 말리는 듯 했지만 설마 애들한테 질까 싶어 준비 자세를 취했다.

"자, 준비 하시고…… 출발!"

"와아아아!"

달리기가 시작됐다.

안유빈은 셔터를 눌렀고 중대원들은 체육대회 계주를 응원하듯 목청이 터져라 응원했다.

과연 이영훈이었다.

이영훈은 중대장의 위엄을 뽐내듯 빠르게 앞으로 치고 나갔다.

'대한이 저 자식, 이번 기회에 나 한 방 먹이려고 하는 것 같은데 어림도 없다는 걸 보여 주마.'

그 순간, 이영훈이 먼저 반환점을 돌았고 그 뒤를 따라 나머지 인원들도 반환점을 돌았다.

그런데 나머지 인원이 반환점을 돈 순간이었다.

대한이 목청껏 외쳤다.

"자, 가자!"

"예!"

후미에 처져 있던 네 명이 순식간에 이영훈을 앞지르더니 네 명이 거의 동시에 결승선에 골인하는 기염을 토해 냈다.

"와!"

말도 안 되는 역전극.

그로 인한 중대원들의 환호.

대한은 함께 달린 인원들과 하이파이브를 나누었고 이영훈은 갑작스러운 반전에 당황한 나머지 뛰던 걸 멈추고 결승선 코앞에서부터 황당한 표정으로 걸어 들어올 수밖에 없었다.

이영훈이 얼빠진 표정으로 물었다.

"……뭐냐, 이거?"

"하핫, 요령 차이입니다. 탄약통 달리기는 반환점을 돌고 나서가 중요합니다. 반환점을 돌 때 가속도가 다 죽기 때문입니다. 그래서 그전까지 체력 안배를 했다가 막판에 폭발하는 게 중요한 것 같습니다."

"그걸 왜 이제야 말해 줘?"

"어라, 모르셨습니까? 전 중대장님이 이번 훈련을 고안해 내셔서 당연히 아실 줄 알았습니다."

"너 이 자식…… 좋아, 약속은 약속이니까 한 바퀴 더 뛰고 온다."

"에이, 안 그러셔도 됩니다. 어떻게 중대장님한테 그런 벌칙을 부과할 수 있겠습니까?"

"됐어. 간부가 모범을 보여야지. 이번 패배는 뼈에 새겨 놓겠다. 간다."

솔직히 안 뛸 줄 알았는데 그래도 중대장이라고 이영훈은 기어이 한 바퀴를 더 뛰고 왔다.

안유빈은 그런 장면까지 카메라에 담았고 얼마 뒤 만족스러운 표정으로 대한과 이영훈에게 다가와 말했다.

"덕분에 사진 잘 나온 것 같습니다. 특히 중대장님의 약속 지키는 모습이 무척 빛나 보여서 잘만 만지면 한두 줄 정도는 미담처럼 실을 수도 있을 것 같습니다."

"오, 그래?"

미담이라는 말에 이영훈의 기분이 금세 풀렸고 더불어 흡족한 표정으로 말했다.

"간부가 돼서 당연히 모범을 보여야지, 암 그렇고말고."

"선배님, 그럼 이 정도면 충분합니까?"

"어, 사진 잘 나왔어. 메일로 보내 줄게. 중대장님, 그럼 전 이만 단으로 올라가 보겠습니다. 충성!"

"어, 그래. 고생했다."

이윽고 안유빈이 돌아가자 대한도 은근한 표정으로 이영훈에게 물었다.

"중대장님, 그럼 혹시 저희도 슬슬 들어가도 되겠습니까?"

"어허! 너 이 자식, 간부가 돼서 벌써 농땡이 부리는 거냐? 아직 체단 시간 남았다."

그때였다.

후두둑―.

하늘에서 빗방울이 떨어지기 시작한 건. 대한이 하늘을 올려 다보며 웃었다.

"어라, 중대장님. 비가 오는데 어떡합니까?"

그 말에 이영훈이 어이가 없다는 듯이 함께하늘을 올려다보 며 말했다.

"넌 이제 날씨도 조작하냐? 기가 막힌다, 기가 막혀."

"에이, 제가 날씨 조절이 됐음 당직 설 때마다 실내점호할 수 있게 줄기차게 비를 뿌렸을 겁니다."

"자식이 말이나 못 하면, 알았어. 들어가자."

"예, 감사합니다!"

대한은 다시 옷을 입으며 병력들에게 복귀를 명령했고 이영 훈과 함께 돌아가는 길에 아까 대대장에게 받은 지시를 전달해 주었다.

"아참, 중대장님. 아까 대대장님께서 탄약통 달리기를 보시 고 꽤 만족하셨는지 다른 운동들도 추가할 수 있음 추가하라고 하셨습니다."

"대대장님이 나오셔서 그렇게 말씀하셨었어? 난 못 들었는 데?"

"그래서 제가 지금 전달해 드리는 것 아니겠습니까."

"아냐, 난 못 들었어. 그리고 원래 지시는 들은 사람이 하는 거야."

"와, 진짜 이러시기 있습니까?"

"크큭. 예, 이러시기 있습니다."

"아, 너무 하십니다!"

그 말과 함께 이영훈이 자연스레 흡연장으로 도망갔고 대한이 이영훈의 뒤를 웃으며 쫓아갔다.

✖

다음 날 대한은 결국 이영훈을 대신해 추가로 넣을 운동들을 계획하기 시작했다.

사실 별로 어려운 일은 아니었다.

어차피 전생에 다 추가됐던 운동들이니까.

오전 내내 서류 작업을 마친 대한은 기지개도 킬 겸 창밖을 보았다.

밖에는 어제에 이어 여전히 비가 쏟아졌다.

그때, 쏟아지는 비를 보며 대한은 과거의 기억 하나를 떠올릴 수 있었다.

'어, 설마 이거 그건가? 사격장 사로 망가뜨렸던.'

과거, 이 시기쯤에 쏟아지는 폭우로 꽤 많은 농가들이 고생했다.

그리고 농가가 고생하면 자연스럽게 근처 군부대도 고생하게 되는데 대민지원도 대민지원이었지만 산을 끼고 있는 부대들 특성상 미리 대비를 해 두지 않으면 이곳저곳에 흙이 차 고생이 이만저만이 아니었기 때문이다.

'바로 조치해야겠군.'

대한은 작성을 마친 운동 계획서를 들고 바로 중대장실을 방문했다.

"충성!"

"왜? 심심해서 놀러 왔냐?"

"아닙니다. 운동 계획서도 완료됐고 겸사로 드릴 말씀이 있어서 왔습니다."

"오, 벌써 끝났냐? 역시 우리 중대 에이스야. 줘, 작전과장님한테는 내가 보고드릴 테니까. 근데 할 말은 뭐냐?"

"수해를 대비해서 사격장 작업이 좀 필요할 것 같습니다."

그 말에 이영훈이 창밖을 바라보며 말했다.

"밖에 비 오는 거 때문에? 여름에 이 정도 오는 거야 늘 있는 일인데 뭐. 신경 쓰지 마."

평소라면 대한도 고개를 끄덕였을 것이다.

하지만 대한의 기억에 따르면 이대로 가만히 놔두다간 사격장 사로에 흙이 가득 차 생고생할 게 뻔했다.

"그건 그렇습니다만 그래도 사격장이 저희 담당이니까 제가 가볍게 확인만 하고 오겠습니다. 어제부터 비가 좀 많이 왔잖습니까."

"그래, 그럼. 딱히 할 것도 없는데 뭐. 놀고 있는 애들 몇 명이랑 같이 가 혹시 모르니까."

"예, 감사합니다. 그럼 다녀와서 보고드리겠습니다."

"어, 그래. 무슨 일 있으면 바로 연락하고. 그리고 대한아."

"예?"

"안전에 주의하는 자세 아주 좋아. 나이스해."

"감사합니다, 더 열심히 하겠습니다. 충성!"

"그래~."

중대장실을 나선 대한은 특공대 차출을 위해 2생활관으로 향했다.

마침 2생활관에는 누구 하나가 졸고 있었는데 다름 아닌 옥지성이었다.

대한은 졸고 있는 옥지성을 발견하자마자 슬그머니 다가가 속삭였다.

"옥지성 상병님, 휴가 출발하셔야 합니다."

"커흑, 습, 헙? 뭐? 뭔 개소리야? 휴가?"

"개소리?"

"엇, 소대장님?"

"죽을래?"

"아, 아닙니다! 죄송합니다, 꿈인 줄 알고 착각했습니다."

"안 돼. 넌 용서 못 해. 판초우의 입고 따라 나와."

"갑자기 말씀이십니까? 혹시 작업 있습니까?"

옥지성이 침대에서 일어나 얼른 창밖을 확인하더니 바로 불쌍한 강아지 같은 표정으로 대한을 올려다보며 말했다.

"소대장님, 제발 자비를……."

"안 돼, 안 봐줘. 돌아가. 얼른 판초우의 입어."

"소대장님 너무하십니다. 간부들 우의는 방수가 잘되지만 판초우의는 방수도 안 됩니다. 이 정도 비면 홀딱 젖을 텐데……."

"거 자식, 말 많네. 갔다 와서 샤워에 오후 전투 휴무 보장해 주면 되냐?"

"바로 준비하겠습니다!"

하여튼 상병 놈들이란…….

대한의 전투 휴무 제안에 옥지성은 순식간에 우의를 챙겨 나왔고 두 사람은 금방 사격장에 도착할 수 있었다.

사격장에 도착한 대한은 바로 사로로 올라가 사로를 덮고 있는 뚜껑을 열어 보았다.

그러자 옥지성이 곁에 다가와 뚜껑 아래를 보며 물었다.

"사로에 뭐 문제 있습니까?"

"아직은 없지. 근데 여기에 흙이랑 돌이 가득 차면 어떨 것 같나?"

"……아주 슬플 거 같습니다."

"그렇지? 그런 참사가 일어나지 않도록 우리가 올라온 거야."

"뚜껑 있는데 괜찮지 않겠습니까?"

"이거?"

사로의 크기는 2명이 들어가도 될 만큼 컸다. 하지만 사로 뚜껑은 그것보다 더 크고 무거웠다.

혼자서 옮기기엔 버거울 정도로.

근데 이 무식하게 크고 무거운 뚜껑이 전생에 폭우에 의해 저만치 밀려났다.

대한이 말했다.

"지성아, 대자연의 힘을 무시하지 마라. 너도 현장에서 오래 일해 봐서 알 거 아냐?"

"아 뭐. 그렇긴 한데…… 그래서 이거 어떻게 하실 겁니까?"

"일단 마대로 저지선을 구축해야지. 영점 사격장에 있는 것 좀 가지고 올라와."

"예, 알겠습니다."

과연.

시간이 지날수록 비는 더욱 거세졌고 모래로 가득 차 있는 마대는 물을 머금어 굉장히 무거워져 있었다.

대한은 자동화기 사격장에 있는 마대를 들고 사로 뚜껑의 주위를 단단히 막기 시작했다.

이렇게 해 두면 토사물이 쓸려 와도 모래마대를 타고 뚜껑에 쌓일 테니까. 물론 배수로 작업도 따로 해야겠지만 사로의 흙을 퍼내는 것보단 훨씬 나았다.

그때였다.

위이잉!

휴대폰 진동 소리.

다름 아닌 오정식이었다.

'뭐야?'

하필이면 이때 전화라니.

그래도 오정식의 전화를 무시할 순 없었기에 대한은 전화를 받았다.

대한이 전화를 받은 순간이었다.

─야, 대한아 뉴스 봤냐?!

흥분으로 가득 찬 오정식의 목소리.

그 때문에 대한은 직감했다.

드디어 올 게 왔다는 걸.

대한이 모른 척 물었다.

"뭔데?"

─야, 뉴스 봐라! 지금 우리 고아스 난리다!

"고아스가 왜?"

─아, 얼른!

자식 호들갑 떨긴.

대한은 못 이기는 척 휴대폰으로 뉴스를 확인했고 대한의 예상대로 대통령이 DMZ에 세계 평화 공원을 조성하겠다는 기사들로 도배가 되어 있었다.

'크, 이거지.'

짜릿했다. 동시에 다행이라고 생각했다.

혹여 자신의 작은 행동들이 나비효과를 일으켜 미래를 바꾸면 어떡하지 라는 걱정도 내심 했었기 때문이다.

하지만 미래는 바뀌지 않았고 고아스 주식은 쭉쭉 오르기 시작했다.

대한이 말했다.

"야, 내가 뭐라고 했냐? 오른다고 했제?"

—그러니까 말이야! 너 그 지라시 대체 어디서 들은 건진 몰라도 그 사람한테 술이든 밥이든 크게 사야겠다. 뉴스 나오자마자 바로 상한가 찍어 버리는데 상한가 한 번에 거의 5억이 올랐다고! 알아?!

"뭘 5억 가지고······."

대략 30억이 들어갔으니 못 해도 2배인 60억까지 가겠지.

대한은 흥분을 가라앉히지 못하는 오정식을 달래며 말했다.

"어이 젊은 친구, 못 해도 2배는 오를 거니까 흥분하지 말고 신사답게 행동해."

—미친 2배라고? 2배면 얼마야 대체? 아니, 근데 그때까지 기다리라고? 너 안 쫄리냐?

"나 승부사 김대한이야. 나 못 믿어? 정 심심하면 다음 주부터 조금씩 정리하든가. 어차피 한 번에 다 못 팔 거 아냐."

—상한가만 계속 쳐 준다면 정리는 언제든 할 수 있어. 그래도 손 털긴 해야 하니까 그럼 내가 상황 봐 가면서 정리할게.

"그래, 그거 정리되면 제주도 땅 본격적으로 준비해 봐."

―안 그래도 준비 중이다. 그래서 말인데 그때 말했던 선배, 이번 주말에 대구 놀러 온다는데 같이 한번 안 볼래?

　"그 제주도에서 장사하신다는 분? 당연히 봐야지, 드시고 싶은 것 물어보고 식당 예약 잡아 줘. 금액은 신경 쓰지 말고."

　―당연히 그래야지. 다른 사람도 아니고 우리 회장님이 쏘는 건데.

　"회장은 무슨, 이제 볼일 끝났냐?"

　―어, 볼일 끝났다. 얼른 국토 방위하러 가 봐라.

　"그래, 주식 확인 잘하고 주말에 보자. 끊는다."

　―예, 충성.

　대한은 오정식과 통화를 마치자마자 주먹을 불끈 쥐었다.

　'예쓰ㅇㅇ!'

　오정식 앞에선 점잖 떨었지만 솔직히 말해 이 짜릿함을 어찌 숨길 수 있으랴?

　그때, 옥지성이 다른 마대를 끌고 오며 죽는 시늉을 했다.

　"소대장님! 도와주십쇼! 팔이 너무 아픕니다!"

　"엄살떨래? 팔이 왜 아파?"

　"아, 어제 탄약통 달리기 했잖습니까! 지금 손이랑 팔이랑 다 뭉쳤습니다!"

　아참, 그랬었지. 이렇게 바로 티가 나는 걸 보니 역시 실전에 많은 도움이 되는 운동이구만.

　대한은 싱글벙글 웃으며 옥지성을 도와 마대 자루를 옮기기 시작했다.

"야, 근데 넌 서울대 가겠다는 놈이 겨우 마대 자루에 굴복해?"

"아, 저니까 아직도 작업하는 겁니다. 다른 애들이었음 진작에 뻗었습니다. 아오! 근데 이거 판초우의 의미가 없는 것 같은데 그냥 벗고 작업해도 되겠습니까?"

"감기 걸려도 난 모른다? 네 맘대로 해."

이윽고 총 8개 사로의 뚜껑에 저지선들이 구축됐고 양팔을 붙잡고 흐느끼는 옥지성에게 대한이 어깨동무를 하며 말했다.

"옥 반장, 날씨도 꿀꿀한데 우리 소대 회식이나 할까?"

"오, 진심이십니까?"

"아, 내가 언제 한 입으로 두말하는 거 봤냐? 옥 반장, 가서 진행시켜!"

"옛설!"

양팔을 부여잡으며 흐느끼기도 잠시, 회식이라는 말에 옥지성이 뽀빠이처럼 힘 솟는 포즈를 취한다.

✖

한편 그 시각.

대한과 오정식의 통화가 끝났을 무렵쯤, 고아스 본사의 회장실에는 또다시 임원들이 모여 있었다.

침묵 속에 고아스 회장이 담담하게 입을 열었다.

"그놈들 우리 지분을 10%도 넘게 가지고 있어. 지분 방어를 위해 주식을 사려고 했지만 얼마 사지도 못했지. 근데 그 와중에 대통령의 대북 발표로 주가는 갑자기 상한가를 치고 있네?"

회장의 말에 임원들 그 누구도 아무런 대답도 하지 못했다.

그도 그럴 게 대한이 주식을 매입하기 시작한 시점부터 지금까지 아무것도 한 것이 없었으니까.

고아스 회장이 답답한지 넥타이를 풀며 말을 이었다.

"누가 사들인 건지도 모르고, 우리가 사는 건 더더욱 안 되고…… 설마 여기에 스파이가 있는 건 아니겠지?"

회장의 말에 임원들이 화들짝 놀라며 손을 내저었다.

"회장님!"

"아, 아닙니다! 그럴 리가 없습니다."

"회장님이 얼마나 잘해 주시는데 저희가 왜 그런 짓을 하겠습니까?"

그러나 회장은 그들의 말을 들은 척도 하지 않았다. 그렇게 답답한 침묵이 흐르는 것도 잠시, 밖에 있던 비서가 종종걸음으로 달려와 회장에게 보고를 올렸다.

"회장님! 드디어 알아냈습니다."

"알아냈다고? 누군데?"

"DH투자라고 저도 처음 듣는 회사입니다. 증권사 쪽에서도 겨우 알아냈다고 하는데 그쪽도 모르는 눈치였습니다."

"혹시 연락할 수 있나?"

"예, 대표 번호를 알아냈습니다."

"그래? 좋아, 역시 일 잘하는구만. 어떤 놈들이랑은 다르게 말이야……."

입이 쓰다.

임원들이 회장과 비서의 눈치를 보며 고개 숙이자 비서가 화제 전환을 위해 회장에게 물었다.

"지금 바로 연락해 보시겠습니까?"

"아니, 전화는 1시간 뒤에 하지. 그때까지 임원들은 회사 돈 얼마까지 끌어모을 수 있는지 빨리 알아 와. 내가 딱 30분 준다."

회장의 말에 화들짝 놀란 임원들이 우르르 회장실을 빠져나 갔다.

그 모습을 본 회장이 한숨을 푹 내쉬며 걱정 가득한 눈빛으로 허공을 쳐다보았다.

'부디 적대적 인수만 아니면 좋겠는데…….'

곁을 지키는 비서의 얼굴에도 근심이 가득하다.

대한은 이영훈에게 소대 간담회를 진행한다고 보고한 뒤 2 생활관으로 소대원들을 모았다.

"다 왔지?"

"예, 그렇습니다!"

옥지성이 유난히 크게 대답하자 대한이 씩 웃으며 말했다.

"지성아, 넌 내가 전투 휴무 부여해 줬잖아. 샤워도 했는데 가서 쉬지 그러냐?"

"아닙니다. 소대 간담회를 하는데 어찌 제가 빠질 수 있겠습니까?"

"웃긴 놈. 자, 그럼 지금부터 간담회를 진행해 볼 건데…… 다들 얼굴이 좋아 보인다? 요즘 힘든 거 없지?"

"예! 없습니다!"

"오케이, 간담회 끝."

"……?"

소대원들이 모이자마자 간담회가 끝났다. 당황한 소대원들이 어리둥절한 표정을 짓자 대한이 대수롭잖다는 듯 말했다.

"어차피 지금 뭘 물어봐도 제대로 대답 안 할 거잖아. 개인 면담해도 똑바로 이야기 안 하는 놈들이 간담회는 무슨. 너희 힘든 건 내가 지켜보다가 알아서 체크할게. 아, 물론 힘든 게 있음 항상 보고하도록 하고. 알지? 나 너희들한테 관심 많은 거?"

알다마다.

아마 단과 대대를 비롯해 병사들에게 관심이 가장 많은 간부일 것이다.

대한의 말에 소대원들이 웃음을 터뜨렸고 대한이 미리 준비해 온 종이 한 장을 꺼내 흔들어 보이며 말했다.

"그런 의미에서 오늘 비도 오고 저녁 메뉴도 별론데 소대 회식 어떠냐?"

"와!"

"역시 소대장님이십니다!"

"좋습니다!"

"사랑합니다, 소대장님!"

환호하는 소대원들.

옥지성은 이미 그 사실을 알고 있었기 때문에 흐뭇한 표정으로 점잖게 고개만 끄덕였다.

대한이 말했다.

"자, 그럼 여기다가 눈치 보지 말고 각자 먹고 싶은 거 적어서 제출해. 배달 되는 거면 다 시켜 준다."

돈도 많이 벌었겠다.

이왕 쏘는 거 먹고 싶은 거 사 주는 게 최고라고 생각했다.

대한의 통 큰 발언에 소대원들이 달려들어 메뉴를 적기 시작했고 얼마 뒤, 배달 메뉴가 한가득 적힌 종이가 다시 대한의 손으로 돌아왔다.

"어디 보자…… 흠, 역시 회식에 중국집이 빠질 순 없지. 다음으로 피자랑 치킨? 흠, 이외엔 다들 비슷비슷하네. 하긴 배달 음식이 다 거기서 거기지. 좋아, 그럼 중국집을 메인으로 하고 피자, 치킨을 반찬으로 먹자. 어때?"

"와."

"미친."

"전 앞으로 무한 대한교입니다."

"소대장님, 제가 진짜 사랑합니다."

쏟아지는 뜨거운 환호.

대한은 손을 들어 소대원들을 진정시키고는 말을 이었다.

"그래도 저녁 결식은 안 되니까, 식당 가서 조금만 먹고 위병소 면회실로 와. 알겠어?"

"예! 알겠습니다!"

"자, 그럼 이제 마무리를…… 엥, 잠깐만. 파전 뭐야?"

파전이라는 말에 박태현이 다가와 종이를 확인했고 두 사람은 동시에 누군가를 쳐다봤다.

옥지성이었다.

"너냐?"

"엣헴, 마음껏 적으라기에 적어 봤습니다만…… 사실 좀 그렇잖습니까? 밖에 비도 오고 하니 파전이 딱이지 않습니까?"

"그럴 거면 차라리 막걸리도 적지 그랬냐."

"오, 적어도 됩니까?"

"되겠냐? 대대장님 허락받아 오면 사다 줄게."

음주는 부대장의 허락이 있어야 가능했다.

하지만 어떤 미친 병사가 이런 일로 대대장을 찾아갈까?

그러나 옥지성은 대한의 말에 진지하게 고민하는 표정으로 말했다.

"솔직히 날씨 보면 대대장님도 인정해 주실 것 같지 않습니까?"

"미친놈, 파전은 기각이다."

"아쉽습니다."

"휴가 가서 먹어 인마. 태현아, 종이 처리 좀 부탁할게."

"예, 소대장님!"

이윽고 메뉴 종합이 끝난 대한이 생활관을 나선 순간이었다.

위이잉!

휴대폰 진동 소리.

발신자를 확인해 보니 낯선 번호였다.

'누구지?'

웬만한 번호는 다 저장했는데 누굴까?

혹시 택배?

하지만 따로 물건을 시킨 기억은 없는데…….

대한은 혹여나 저장 못 한 다른 간부일 수도 있다고 생각해 얼른 전화를 받았다.

"예, 김대한 소위 전화 받았습니다."

ㅡ……누구? 소위?

그때, 수화기 너머로 나이가 꽤 지긋해 보이는 남성의 당황한 목소리가 튀어나왔다.

그나저나 누구라니?

잘못 걸었나?

대한은 고개를 기울이며 다시 한번 물었다.

"예, 소위 김대한입니다. 어떤 일로 전화하셨습니까?"

그러자 휴대폰 너머로 대답이 아닌 누군가와 대화하는 소리가 들렸다.

─소위라는데? 군인이야, 군인.

─예? 그럴 리가 없는데…….

두 사람의 대화 소리를 들은 대한은 아무래도 잘못 건 거라는 생각이 들었다.

"잘못거신 것 같은데 확인해 보시고 다시 전화 주십쇼."

대한은 대답도 듣지 않은 채 전화를 끊어 버렸다.

별로 놀랍진 않았다.

전화가 잘못 걸려오는 거야 이따금씩 있는 일이니까.

✳

한편.

고아스 회장은 멍한 표정으로 전화가 끊어진 휴대폰을 쳐다보았다.

비서도 마찬가지였다.

이윽고 고아스 회장이 시선을 옮겨 비서를 보았다.

"DH투자 대표 번호라며?"

"예, 증권사에서 몇 번이나 확인하고 받아온 겁니다."

"근데 왜 군바리가 받아? 걔네가 잘못 알려 준 거 아냐?"

"아, 아닙니다! 절대 그럴 수가 없습니다!"

"그럼 뭐 DH투자 대표가 소위라도 된다는 거야, 뭐야? 너 일 이따위로 할래?"

"죄, 죄송합니다! 지금 바로 가서 다시 한번 더 확인해 보겠습니다."

당황한 얼굴로 비서가 황급히 회장실을 뛰쳐나간다.

황당한 건 임원들도 마찬가지였다.

"이게 무슨 어처구니없는······."

회장이 의자에 몸을 기대며 눈을 감는다.

그러나 몇 번을 확인해도 번호는 같을 수밖에 없을 것이다.

DH투자의 대표는 군바리가 맞았으니까.

"그 번호가 맞다고?"

"예, 군인인지 누군지는 모르겠지만 번호는 확실하답니다."

"허 참······."

한 시간 뒤, 비서가 땀을 뻘뻘 흘리며 다시 회장실에 나타났다.

그리고 가지고 온 소식은 다름 아닌 그 번호가 맞다는 것.

그 말에 회장을 비롯한 임원들 모두가 헛웃음을 감추지 못했고 회장은 어처구니가 없다는 표정으로 다시 휴대폰을 응시할 수밖에 없었다.

근데 어쩌랴.

이 번호가 맞다는데.

고아스 회장은 한숨을 한 번 내쉰 후 다시 전화를 걸었다.

✻

한편, 위병소 면회실에서 회식이 막 시작되려고 할 무렵, 대한의 휴대폰으로 또다시 전화가 걸려왔다.

아까 전의 그 번호였다.

대한은 번호를 확인하고 미간을 좁혔다.

'뭐야?'

귀찮았다.

하지만 어쩌랴.

받아야지.

대신 이번에는 대충 대답했다.

"예, 김대한 소위입니다."

대한의 대답을 들은 고아스 회장은 잠시 눈을 감았다.

김대한 소위.

자신의 귀는 잘못 되지 않았다.

수화기 너머의 상대는 분명히 자신을 소위라고 했고 비서도 이 번호가 맞다고 했다.

그렇다면 한번 물어나 봐야겠지.

-그…… 혹시 DH투자의 대표분 번호가 맞습니까?

DH투자?

낯선 사람의 입에서 그 이름이 튀어나오자 대한은 래핑을 벗기던 짜장면 그릇을 내려놓고 벌떡 자리에서 일어나 밖으로 나갔다.

"아, 예. 제가 대표가 맞는데…… 실례지만 누구십니까?"

세상에나.

맞단다.

고아스 회장은 내심 번호가 잘못됐거나 다른 사정이 있기를 바랐다.

그런데 운명은 얄궂다고 일개 육군 소위가 정말로 투자회사 대표였을 줄이야.

하지만 그렇다고 상대를 무시한다거나 절대 그럴 순 없었다.

상대는 육군 소위이기도 했지만 그토록 찾아다녔던 DH투자의 대표이기도 했으니까.

대한의 신분을 확인한 고아스 회장이 자세를 고쳐 앉고 정식으로 자신을 소개했다.

-난 고아스 회장, 지근식이라는 사람입니다. 혹시 잠시 통화 가능하겠습니까?

고아스?

그 말에 순간 대한도 정신이 번쩍 들었다.

"고아스요? 오늘 상한가 친 그 고아스?"

-예, 그렇습니다.

허.

살다 살다 회장의 전화를 다 받아 보다니.

이런 상황은 전혀 예상치 못한 터라 대한은 잠시 수화기를 멀리 떨어뜨려 놓은 채 가슴에 손을 얹고 생각을 정리하기 시작했다.

'뭐지? 나한테 왜 전화한 거지? 아니, 그전에 내 번호는 어떻게 안 거야? 정식이가 준 건가?'

아닐 텐데?

만약 그런 일이 있으면 미리 언질을 줬을 텐데?

모든 게 이해되지 않았지만 일단은 이야기를 나눠 보기로 했다.

"…예, 그런데요?"

대한의 물음에 고아스 회장, 지근식은 비서와 한 번 눈을 맞춘 후 고개를 끄덕인 다음 말을 이어 나가기 시작했다.

─주식 관련해서 제안드리고 싶은 게 있어 실례를 무릅쓰고 전화를 드렸습니다.

"주식요? 예, 뭐…… 근데 제 번호는 어떻게 알고 연락하신 겁니까?"

─DH 투자 대표님이시지 않습니까. 공시를 확인하고 투자회사의 대표번호를 확인해서 연락드렸습니다. 기분 나쁘셨다면 죄송합니다.

아.

그럴 수가 있구나.

대한은 오정식이 말해 준 공시가 떠올랐고 충분히 본인의 전화를 찾을 수 있을 거라는 생각이 들었다.

덕분에 경계가 한층 누그러졌다.

"아닙니다. 대표번호로 공개된 번호라면 뭐…… 그나저나 주식과 관련된 제안이라면 어떤 제안이실까요?"

─대표님, 단도직입적으로 여쭙겠습니다. 혹시 회사 경영에 참여하실 생각이십니까?

회사 경영?

아.

대한은 그제야 지근식이 왜 자신한테 전화를 했는지 알 수 있었다.

'그런 거였군.'

하긴.

현재 DH 투자가 가진 지분만 해도 거의 10%를 넘기고 있으니 걱정스러웠을 테지.

대한이 입가에 미소를 걸며 말했다.

"아닙니다. 그럴 생각은 없습니다."

─그럼 인수 생각도 없으시겠군요.

"예, 딱히 없습니다."

솔직히 마음만 먹으면 할 수야 있겠지.

하지만 할 줄도 모르는 회사 경영을 맡아 봤자 뭘 하겠는가?

대한은 현재 하고 있는 군 생활도 벅찼다.

대한의 대답에 지근식은 그제야 안도의 한숨을 내쉬며 말을 이었다.

─대표님, 그럼 혹시 제게 장외거래로 보유하고 계신 고아스 주식을 넘기실 의향이 있으십니까?

장외거래.

증권거래소에 개설된 시장을 거치지 않고 개인 간에 직접 주식을 거래하는 것.

쉽게 말해, 시장가가 아닌 금액으로 거래를 할 수 있다는 말이었으며 그 금액은 파는 사람 마음대로 조정이 가능했다.

대한은 판매하는 것도 시간이 걸린다고 했던 오정식의 말을 떠올렸다.

'장외거래…… 확실히 좋은 기회긴 하네. 잘만 하면 한 번에 주식을 전부 정리할 수 있을 테니까.'

대한이 지근식에게 물었다.

"가격만 맞다면 못 넘길 것도 없죠."

─그럼 매입 평균 단가에 30%를 얹어드리겠습니다.

"30%요……."

이 양반이 장난하나 지금?

회장이라길래 배포가 큰 줄 알았더니 장사꾼들은 역시 다 거기서 거기인 모양.

대한이 미간을 좁히며 말했다.

"그게 답니까?"

―예? 그게 다라니 그게 무슨…….

"아니, 내일도 상한가 치면 바로 30%가 넘는데 저희가 왜 그 금액에 넘겨야 합니까?"

―일시적인 겁니다. 이제껏 그것보다 많이 오른 건 손꼽습니다. 이것도 많이 쳐 드린 건데…….

진심인 건가?

진심이었다.

나름대로 꽤 이성적이고 합리적인 판단이라고 생각했고.

그도 그럴 게 고아스는 매번 테마주로 묶이긴 했지만 이번처럼 오르는 경우는 단 한 번도 없었으니까.

'일주일 내내 상한가를 칠 건데 30%는 무슨…… 지금 두 배를 더 얹어 준다 해도 고민할 마당에.'

그렇기에 단호하게 대답했다.

"저희는 그렇게 적게 오르고 끝 날 것이라 생각하지 않습니다. 아무래도 의견이 맞지 않는 것 같으니 나중에 시장에 나오는 거 주워 담으시죠."

딱히 예의를 차려야 할 상대라는 생각이 들지 않았다.

굳이 따진다면 대한이 벌어들일 돈을 중간에 가로채려는 사람처럼 보였다. 그래서 조금 퉁명스레 대답했다.

―시장에 그 물량이 한 번에 풀리는 게 걱정이 되어서 그럽니다. 일단 생각 좀 더 해 보시고 연락 주시면 감사하겠습니다.

"아, 예. 알겠습니다."

지근식은 대한의 말투를 듣고 빠르게 포기했다.

지분을 가지고 경영에 참여할 생각이 없다는 것을 알았기 때문에 그것만으로도 충분한 성과였다. 그리고 대한의 주식을 사려고 했던 돈은 조만간 있을 회사 확장에 쓸 자금이었기에 오히려 돈을 아낀 것을 다행으로 여겼다.

'주식이 오르면 대출을 좀 더 받아서 확실히 키워 봐야겠어.'

그렇게 생각하니 기분이 한결 좋아졌다.

지근식은 은퇴 전 마지막으로 회사에 열정을 불태울 생각이었으니까.

✳

한편.

대한은 지근식과의 전화를 마치자마자 바로 오정식에게 전화를 걸었다.

ㅡ예, 사장님아. 무슨 일이세요?

"야, 나 방금 고아스 회장한테 전화 왔다."

ㅡ······뭐?

장난스레 전화를 받은 오정식이 대한의 말에 바로 자세를 고쳐 앉았다.

ㅡ······그게 무슨 소리야?

"공시 확인하고 연락처 알아내서 연락한 것 같은데 우리가 가진 주식 장외거래 하자고 제안했어."

오정식은 대한의 말을 듣고는 잘 됐다는 듯 답했다.

-너한테 직접 연락한 건 좀 불쾌하긴 한데 그래도 주식 한 번에 털 좋은 기회다. 그래서, 얼마에 한다고 했냐?

"안 한다고 했는데? 그냥 전화 왔다는 거 알려 줄 겸 이제 대표번호 네 번호로 바꿔 놓으라고 말하려고 전화한 거야."

대한은 대표번호를 오정식의 번호로 바꿀 생각이었다.

어차피 투자회사라 연락 올 일이 없긴 했지만 그럼에도 연락이 오게 된다면 쉽게 무시할 수 있는 연락들은 아닐 테니까.

특히 이번의 경우에도 그랬다.

'내가 장외거래를 알고 있었기에 망정이지. 만약 멋도 모르고 있었다면…….'

물론 전화를 끊고 오정식과 이야기 후 다시 전화를 해도 되지만 긴급 상황이 터질 수도 있는 거고 또 오늘이야 타이밍이 좋아 편하게 전화를 받았지만 만약 훈련이라도 하는 상황이었다면 여러모로 아찔했다.

대한의 대답을 들은 오정식이 깊게 한숨을 내쉬며 말했다.

-번호를 바꿔 놓는 건 좋은 생각인 거 같은데, 장외거래는 왜 거절한 거냐?

"값을 너무 후려쳤어."

-후려쳤다고?

"매입 평균 단가에서 30% 정도 더 준다는데 내가 자선사업가도 아니고 2배 오를 주식을 그 금액에 팔 이유가 없잖아."

─음, 30%면 좀 적긴 하네. 이만큼의 지분을 한 번에 흡수하기도 힘들 텐데 돈 좀 더 쓰지. 그 사람 회장 맞아?

"회장이라고 배포가 다 큰 건 아닌 모양이더라. 그리고 네 말대로 편하게 팔 수 있을 것 같긴 하다만 금액이 안 맞으니 어쩔 수 있나. 그러지 말고 그냥 정식이 네가 알아서 잘 팔아 봐. 딱 2배만 먹고 나와 보자."

─그래, 물량 터는 건 내가 알아서 해 볼게. 그리고 대표번호도 오늘 바로 변경해 놓을게.

"그래, 그럼 고생해라."

─옙, 사장님. 고생하십쇼.

대한은 오정식과의 전화를 기분 좋게 마무리한 뒤 통화목록에 있는 지근식의 번호를 저장해 놓았다.

'이제 전화 올 일이야 없겠지만 혹시 모르니까.'

하지만 대한의 예상과는 달리 며칠 뒤, 지근식은 대한을 애타게 찾게 될 예정이었다.

＊

다행히 면이 불기 전에 다시 회식에 참여할 수 있었다.

근데 음식을 너무 많이 시킨 모양인지 음식이 많이 남을 것 같아 바로 이영훈에게 전화했고 소식을 들은 이영훈이 헐레벌떡 내려왔다.

이영훈이 수많은 배달 음식을 보며 놀란 표정으로 물었다.

"야, 뭐야? 소대 운영비가 이렇게 많이 남아 있었냐?"

"그럴 리가 있겠습니까, 전임자가 싹 털고 나가서 운영비 남은 건 없습니다."

"그럼?"

"그냥 제 사비로 샀습니다."

"이야, 확실히 금수저는 다르네. 어제 아이스크림도 돌리고 말이야."

"에이, 그 정도는 아닙니다. 그냥 애들한테 이 정도는 사 줄수 있는 정도입니다."

"우린 그걸 금수저라고 부른단다? 아무튼 아주 바람직한 소대장이다. 수저를 떠나서 소대원들 이렇게 회식 시켜 주면 사기 증진에 좋지. 겸사로 나도 얻어먹고. 잘 먹으마, 대한아."

"예, 많이 드십쇼."

이영훈은 배가 고팠는지 소대원들 틈으로 파고들어 빠르게 식사를 시작했고 대한도 그제야 식사를 시작했다.

얼마 뒤 적당히 배를 채운 이영훈이 물었다.

"대한아, 이번 주말에 뭐 하냐?"

"집에 잠깐 다녀오려고 합니다."

"아, 그래? 같이 놀러 갈까 했더니만 아쉽네."

"다음 주에 가시면 어떻겠습니까? 이번 주는 제가 집에 가서 꼭 확인해 봐야 될 게 있어서 좀 힘들 것 같습니다."

집에 가서 확인해야 될 것.

다름 아닌 엄마의 검사 결과였다.

최종찬의 할머니도 검사 결과가 나왔는데 엄마의 검사 결과가 아직 안 나온 게 좀 이상했다.

'나왔어도 진작에 나왔어야 할 결과인데 아직도 안 나왔다는 건……'

어쩌면 최종찬의 할머니가 그랬듯 엄마도 결과를 숨기고 있는 게 아닐까?

그래서 직접 엄마 얼굴을 보고 물어볼 생각이었다.

어차피 전화로는 안 알려 줄 것 같았으니까.

"그래, 다음 주도 좋지. 그럼 근무를 이번 주에 서야겠다."

"다음 주에 주말 당직 있으십니까?"

"응, 괜찮아 바꾸면 돼. 이번 주에 할 것도 없었는데 당직이나 서지 뭐. 근데 너, 대구 갈 때 내 차 타고 갈래? 빌려줄게."

"예? 아닙니다. 괜찮습니다. 마음만 감사히 받겠습니다."

"그래? 뭐 마음 바뀌면 말하고."

차를 빌려준다는 말에 대한은 조금 놀랐다.

다른 사람도 아니고 이영훈이었으니까.

하지만 그의 그런 배려 덕분인지 엄마에 대한 걱정이 조금은 누그러졌다.

'그래 뭐. 너무 걱정하지 말자. 검사 결과에 문제가 있었다면 진작에 연락하셨겠지.'

그렇게 시간이 흘러 금주 금요일, 대한은 퇴근과 동시에 택시를 불러 집으로 향했다.

✹

집 문을 열자 엄마가 대한을 반겼다.

"우리 아들 왔어?"

"응, 엄마. 잘 있었어?"

"당연히 잘 있었지."

대한은 짐을 내려놓는 것보다 엄마의 얼굴을 먼저 살폈다.

평소와 다름없는 얼굴이었지만 이번엔 검사 결과를 의식해서 그런지 묘한 위화감이 들었다.

'기분 탓이겠지…….'

그러나 기분 탓으로 치부하기엔 엄마의 얼굴에서 자꾸 아프던 시절의 모습이 겹쳐 보였고 대한이 속으로 입술을 깨물며 말했다.

"배고프다, 밥 있어요?"

"아들 오는 날인데 당연히 준비해 놨지. 얼른 짐 정리하고 와. 밥만 푸면 돼."

상은 금방 차려졌다.

대한이 빠르게 식사를 마치자 엄마가 과일을 꺼내 깎기 시작했다.

식탁을 치운 대한이 물 한 입을 입에 머금더니 이내 고저 없는 목소리로 물었다.

"엄마."

"응?"

"건강검진 결과 별로 안 좋았어?"

"……갑자기 그게 무슨 말이니?"

"좀 그렇잖아. 검사를 한 지가 언젠데 아직도 결과가 안 나오는 게 말이 돼? 엄마랑 비슷한 시기에 검사받은 분은 벌써 결과 나왔어."

엄마는 대한의 말에 어색하게 웃으며 과일만 깎으셨고 대답 없는 엄마의 말에 대한이 짐짓 목소리에 힘을 주었다.

"많이 안 좋아요?"

두 번의 물음.

엄마는 그제야 과도를 내려놓으며 어색하게 대답하셨다.

"응, 사실 결과는 전에 나왔어. 근데 그렇게 좋은 건 아닌 것 같아."

왜?

어째서?

돌아오자마자 엄마의 건강부터 챙겼는데?

대한의 떨리는 동공을 본 엄마가 덤덤하게 말을 이었다.

"대한이가 물어본 날 있지? 그 전날인가 병원에서 연락이 오더라. 검사가 한 번 더 필요할 것 같다고."

"설마 안 간 건 아니지?"

"당연히 갔다 왔지. 갔다 오니까 췌장에 혹 같은 게 하나 있다고 말해 주더라."

혹.

그 말에 심장이 덜컥 내려앉았다.

"……그래서? 지금 병원에 있어야 되는 거 아냐? 아니다. 지금 바로 병원 가자. 가서 입원이든 치료든 얼른 하자."

대한이 자리를 박차고 일어나 나갈 준비를 하려고 하자 엄마가 대한을 진정시키며 말했다.

"아휴, 안 가도 돼. 1cm도 안 되는 엄청 작은 크기고 조기에 발견해서 크게 걱정 안 해도 된다고 하더라. 엄마도 놀라서 이 것저것 물어봤는데 아직은 주사만 맞으면서 경과를 보자더라고. 엄마 괜찮대요."

"저, 정말?"

"응, 정말."

"진짜지……? 암이고 다른 곳에 전이되고 막 그런 거 아니지?"

"응, 다른 곳은 다 멀쩡하대."

다행이었다.

그래도 '조용한 암살자'라고 불리는 췌장암을 미리 예방할 수 있다는 게 어딘가.

대한은 안도의 한숨을 쉬면서 엄마에게 물었다.

"근데 왜 나한테 말 안 했어요? 나 엄청 걱정했잖아."

"진짜 걱정할까 봐 말 못 했지. 너도 나중에 결혼하고 애 낳아 봐. 그럼 엄마 마음 이해될 거야."

엄마의 마음.

아마 최종찬의 할머니도 비슷한 마음이었겠지.

대한이 입을 비죽 내밀며 말했다.

"⋯⋯그래도 다음부턴 그냥 말해 줘요. 난 결과가 늦게 나와서 더 걱정했단 말이야. 그래서, 병원은 또 언제 가는데?"

"일단 한 달에 한 번씩 와 보라고 하더라. 음식 잘 챙겨 먹고 스트레스 안 받으면 큰 문제는 없을 거래."

"혼자 가도 괜찮겠어? 한 달에 한 번이면 나랑 같이 가. 휴가 내고 나올 테니까."

"아니야, 우리 아들 휴가를 엄마 병원 가는데 쓰게 할 순 없지. 엄마도 지하철 탈 수 있으니까, 신경 안 써도 돼."

"아니 택시 타라니까, 엄마? 그리고 어떻게 아들이 엄마 걱정을 안 하겠어? 그러니까 이제 병원 갈 때마다 꼭 말해. 엄마가 어떤지 모르고 있을 순 없잖아."

"알겠어, 이제 다 말해 줄 테니까 얼른 과일 먹어."

"약속했다?"

"그래, 약속."

"……알겠어요."

대한은 그제야 엄마가 깎아 놓은 과일을 집어 먹었고 엄마가 그 모습을 흐뭇하게 쳐다봤다.

"그나저나 주사는 무슨 주산데?"

다른 암도 마찬가지지만 췌장암은 제대로 된 치료약이 많지 않았다.

수술이 최선의 치료라고는 하지만 췌장암은 3기…… 아니, 2기만 되도 생존률이 그렇게 높지 않았으니까.

그런 의미에서 전생의 엄마는 기적이다 싶을 정도로 오래 버틴 케이스였고.

엄마가 대답했다.

"혹 더 커지지 않게 억제하는 주사라고 하던데? 엄마는 잘 모르지, 의사도 아닌데."

"……그래요?"

흠.

잘 모르시면 안 되는데.

대한이 잠시 고민 끝에 말했다.

"그럼 담에 나랑 같이 병원 가요. 내가 직접 설명을 들어야겠어."

"에이, 안 그래도 되는데."

"안 되긴! 엄마는 엄마 건강이 우스워?"

"아이고, 알았어요. 알았어. 일단 과일이나 먹어."

대수롭지 않게 여기는 저 태도.

일부러 저러시는 걸 수도 있겠지만 저런 엄마의 모습이 전생에 대한을 여러모로 속상하게 했었다.

하지만 화내지 않기로 했다.

그때는 마음의 여유가 없어 더 섭섭하게 느껴져서 더러 화도 몇 번 냈었지만 지금은 사정이 달랐으니까.

그렇기에 다짐했다.

설령 엄마가 잘못되면 남은 인생 전부를 걸고서라도 엄마를 꼭 완치시켜 내겠다고 말이다.

'그땐 진급이고 뭐고 바로 전역하고 돈만 번다.'

자신한텐 미래의 지식이 있었으니까.

웬만큼 진정된 대한이 그제야 엄마의 손을 꼭 붙잡으며 말했다.

"무조건 괜찮을 거야. 그러니까 엄마도 너무 걱정하지 마. 의사 선생님도 스트레스 조심하라고 했으니까 병원 갈 때 빼고는 우리 생각도 하지 말자."

"호호, 갑자기 왜 이럴까. 알겠어요."

두 사람은 그렇게 서로의 놀란 마음을 달래 주었다.

※

다음 날 정오.

로꾸부터
장군까지

대한은 오정식을 만나기 위해 일찍 집을 나섰다.

오늘은 오정식이 전에 말한 제주도 선배를 만날 예정이었으니까.

'제주도에서 푸드트럭 하시는 분이라지?'

얼마나 도움이 될지는 몰랐지만 그래도 육지 사람인 대한과 오정식보단 훨씬 더 제주도에 대해 잘 알 테니 모쪼록 기대가 됐다.

이윽고 식당에 도착한 대한은 미리 도착한 오정식을 발견할 수 있었다.

"여기다."

"어, 일찍 와 있었네."

"우리도 방금 도착했어. 아, 여긴 전에 말한 제주도에서 푸드트럭 하시는 강대곤 형이야. 우리보다 세 살 많으셔."

"반갑습니다. 정식이 친구 김대한이라고 합니다."

대한이 먼저 손을 내밀며 인사하자 강대곤도 자리에서 일어나 대한의 손을 잡으며 인사했다.

"제주도에서 푸드트럭하는 강대곤이라고 합니다. 반갑습니다."

강대곤.

그는 여러모로 인상이 강렬한 사내였다.

맞잡은 손에서 느껴지는 묵직한 악력도 그렇고 까맣게 탄 피부와 어깨까지 오는 파마한 장발, 얼굴 하관을 뒤덮은 수염까지.

좋게 보면 외국 배우 같은 느낌이었지만 또 어떻게 보면 무인도에서 온 야인 같았다.

대한이 웃으며 말했다.

"스타일이 개성적이고 멋지시네요."

"후후, 대한 씨도 자유로움을 추구하는 분이신가 보네요. 제 스타일을 한 번에 알아보시는 걸 보니."

"아, 그럼요. 자유 좋죠."

장사를 해서 그런지 친화력은 아주 좋은 듯했다. 그때, 오정식이 고개를 저으며 뒷말을 덧붙였다.

"아휴, 원래는 안 이러셨는데 어쩌다 이렇게 된 건지."

"왜, 개성 넘치고 좋으신데. 그나저나 고기는 시켰냐?"

"예약할 때 미리 다 시켜 놨지."

오정식이 선택한 메뉴는 소갈비였다.

그것도 한우 소갈비.

대한이 산다는 말에 일부러 비싼 메뉴를 골랐다기보단 고아스 상한가 축하파티를 겸해서 선정한 곳.

잠시 후, 종업원이 불과 함께 고기를 가져와 직접 구워 주었고 대한은 맛있게 구워진 고기를 먹으며 강대곤에게 말했다.

"저 혹시 제주도에 계신 지는 얼마나 되셨습니까?"

"음, 대학교 졸업하고 바로 갔으니까…… 이제 한 2년 반 정도 됐습니다."

"와, 오래 계셨네요. 그럼 장사 때문에 가신 건가요?"

"이게 이야기하자면 좀 긴데……."

강대곤은 갑자기 머리를 쓸어 올리고는 허공을 바라보며 말했다.

"제가 철이 없었죠…… 낚시가 좋아서 제주도로 간 것 자체가."

"……낚시요?"

대한은 잘못 들었나 싶어 다시 물었고 그때, 오정식이 옆에서 조용히 말했다.

"낚시 동아리셨어. 동아리 회장."

"아…… 근데 너도 낚시 동아리였냐?"

"나 다른 동아리 활동도 많이 했어. 낚시는 그중에 하나고."

"……그래?"

그때, 강대곤이 두 사람의 대화에 아랑곳 않고 말을 이었다.

"꿈같은 나날들이었죠. 하루 종일 바다 위에 찌를 드리우며 해가 뜨고 지는 걸 보는…… 하, 그때가 진짜 좋을 때였는데."

"요즘은 안 하세요?"

"아뇨, 요즘도 합니다. 다만 횟수가 적어져서 좀 슬플 뿐."

"그래도 이른 나이에 꿈을 이루셨네요. 부럽습니다."

"아뇨. 아직 제 꿈은 완성된 게 아닙니다."

"예? 그럼요?"

"제 꿈은 제 배를 하나 갖는 겁니다. 제가 직접 운전해서 나

갈 수 있는 저만의 배요."

"아, 그러시군요……."

근데 배 비싸지 않나?

그러나 대한의 걱정과는 달리 강대곤의 얼굴에는 희망이 넘실거렸다.

"그래도 머지않아 꿈을 이룰 수 있을 것 같습니다."

"벌써요?"

"예, 심심풀이로 연 푸드트럭이 생각보다 유명세를 타서 요즘 바쁘게 제주도를 돌아다니는 중이거든요."

"혹시 무슨 장사를 하시는 건지 여쭤봐도 될까요?"

그 물음에 오정식이 휴대폰 화면을 보여 주며 말했다.

"황금타코라고 타코야끼 파셔. 근데 웃긴 게 타코야끼 맛도 맛이지만 이 형이 어느 순간부터 행운의 상징이 됐거든."

"행운의 상징?"

"여기 타코야끼 트럭에 파랑새 그려진 거 보이지? 누가 이걸 장난삼아 찍어 올렸는데 그게 행운의 상징처럼 퍼져서 다들 제주도만 오면 파랑새 찾으려고 돌아다녀. 이거 봐봐."

정말이었다.

다들 해시태그에 #파랑새 #황금타코 #행운아 같은 걸 달아놓고 아우성들이었다.

"제주도 가면 필수로 들러야 할 정도래."

"그래……?"

참 신기했다.

옛날 사람인 대한은 여러모로 이해 못할 감성이었지만.

하지만 덕분에 신뢰도는 팍팍 생겼다.

이만큼 제주도를 돌아다니셨음 제주도의 웬만한 지리는 전부 알고 있을 테니까.

강대곤이 말했다.

"그나저나, 정식이한테 들어 보니 제주도 부동산에 관심이 많으시다면서요?"

"아, 네. 풍경 좋은 곳 위주로 땅을 좀 매입하려고 합니다. 카페나 리조트 같은 곳에 들이기 좋게요."

"리조트라…… 생각보다 스케일이 크신 분이셨네요. 그런 거라면 잘 찾아오셨습니다. 제가 노을이나 일출 기가 막힌 곳들은 전부 다 꿰고 있거든요."

"오, 정말요?"

"그럼요. 장사할 때뿐만이 아니라 예전에는 제주도에 있는 게스트 하우스는 거의 다 가 봤으니까요."

강대곤의 말에 오정식이 '봤지?'라는 표정으로 어깨를 으쓱인다.

역시 오정식.

일처리 하나는 기가 막힌다.

"그럼 혹시 정식이 데리고 가이드를 좀 부탁드려도 될까요? 마음 같아선 제가 가고 싶지만 제가 군인이라 시간이 자유롭지

가 못 하거든요. 아, 물론 장사 못 하시는 날짜만큼 페이는 당연히 챙겨 드리겠습니다."

"아닙니다, 그 정도야 뭐. 정식이랑 하루 이틀 본 사이도 아니고. 기름값이랑 숙식만 해결해 주시면 얼마든지 가이드해 드리겠습니다."

그때 오정식이 인상을 구기며 물었다.

"야, 내가 가?"

"그럼 군인인 내가 가리? 내가 널 왜 채용했는데? 가서 잘 들어 보고 나한테도 알려 줘. 괜찮으면 곧바로 계약서 쓸 거니까."

"아, 예, 예. 알겠습니다."

"간 김에 푹 쉬다 와. 나도 엄마랑 다녀와 보니까 좋더라."

"근데 너 설마 제주도 부동산에 올인할 건 아니지?"

"보고?"

"보고는 뭔 보고야. 적당히 사. 적당히."

"뭐, 어때. 정 안 되면 대출받지 뭐. 이자야 임대 내놓은 걸로 해결하면 되잖아?"

"그건 누가 관리하는데?"

"누구겠냐?"

"아씨."

"역시 나다 싶은 건 본인이 제일 잘 알지. 나다시는 과학이야."

"나다시가 뭐냐?"

"쯧쯧, 이래서 미필들은⋯⋯."

대한의 말에 강대곤도 고개를 끄덕였고 오정식이 어이가 없다는 듯 헛웃음을 터뜨렸다.

Chapter 2

강대곤과 친분을 쌓은 대한은 다음 날 엄마가 차려 준 아침을 먹자마자 일찍이 집을 나섰다.

"일찍 들어가네?"

"어, 부대에 할 일이 좀 있어서."

"평일에 하면 안 되는 거야?"

"음, 평일보단 주말을 이용하는 게 더 나을 것 같아서."

"그런 일도 있어? 혹시 윗사람이 부당한 일 시키고 그런 건 아니지?"

"에이, 아닙니다. 그런 거. 걱정하지 마시고 쉬고 계세요. 병원 가실 땐 나한테 꼭 말하고."

"네, 알았네요."

대한은 엄마를 한 번 꼭 안아 준 뒤 그제야 집을 나섰다.

이번에도 택시를 이용했고 숙소에 짐만 대강 풀어 둔 뒤 복귀 보고를 위해 지휘 통제실로 향했다.

지휘 통제실에는 고종민이 휴대폰을 보며 낄낄대고 있었다.

"충성! 고생 많으십니다. 선배님."

"어, 대한아. 주말에 어쩐 일이야, 초과근무 찍으러 왔어?"

여느 직장과 마찬가지로 군인들에게도 초과근무 수당이라는 게 있다.

원칙대로라면 야근이나 조기출근을 했을 때만 찍어야 하지만 그렇잖아도 박봉인 군인 월급을 보충하기 위해 다들 초과근무를 안 해도 알음알음 찍고 있는 중이었다.

그리고 그건 대한도 마찬가지였고.

'전생에는 말이지.'

전생에는 돈이 궁했으니 그렇게 했지만 현생은 그렇지 않기에 대한은 여태껏 단 한 번도 가짜로 초과 수당을 찍은 적이 없었다.

이제는 돈보단 미래와 명예를 더 중요시하게 됐으니까.

대한이 웃으며 말했다.

"아뇨, 그건 아니고 혹시 방송 좀 부탁드려도 되겠습니까?"

"방송? 그래, 뭐. 어떤 방송 해 줄까?"

"철권 리그전 참가 선수들 좀 모아 주십쇼."

"아, 리그전 오늘 바로 하려고?"

"예, 비 때문에 애들도 밖에 안 돌아다니는데 오늘부터 시작하면 딱일 것 같습니다."

"그거 좋은 생각이다. 근데 리그 진행할 거면 초과근무 찍지 그러냐?"

"아닙니다, 괜찮습니다. 제가 좋아서 주말에 일찍 온 건데 괜히 이런 걸로 트집 잡히기 싫습니다."

"에이, 누가 이런 걸로 트집 잡는다고?"

"그래도 괜찮습니다. 제가 마음이 불편합니다."

"네가 그렇다면야 뭐. 알았다."

고종민의 말마따나 누가 이런 걸로 트집을 잡겠냐만은 그래도 혹시 모르는 일이었다.

초과근무를 신청할 때는 사유를 적어야 하는데 거기에 철권 리그전 때문이라고 적기엔 좀 그랬으니까.

'물론 리그전이 부대 행사가 되긴 했지만······.'

이런 감사는 이원영과 박희재가 아닌 다른 타부대 사람이 하는 것이었으니 좀 더 주의할 필요가 있었다.

고종민이 이어서 물었다.

"방송은 곧 하면 되고······ 또 뭐 도와줄 거 없냐?"

"도와주실 거······ 아, 혹시 오늘 단 당직부관 누구인지 알 수 있습니까?"

"부관? 인사장교님일 걸? 왜?"

인사장교.

차현수였다.

당직부관이 차현수라는 말에 대한은 자기도 모르게 미간을 좁혔다.

'아, 하필 차현수냐.'

앞서 언급했듯 이번 리그전은 단과 대대에서 함께하는 행사이기에 단의 인원을 모으려면 단 당직계통의 허락이 필요했다.

물론 사안이 그리 큰 게 아니라서 당직사령이 아닌 당직부관 정도에게만 말해도 충분한 일이긴 했으나……

'하필이면 차현수라니.'

그때, 대한의 불편함을 눈치챈 고종민이 한쪽 입꼬리를 올리며 말했다.

"리그 참가하려는 단 인원들 때문에 그러는 거지? 내가 연락드려서 단 인원들도 불러 줄게."

"감사합니다, 역시 선배님뿐입니다."

"뭘 이런 걸 가지고. 일단 대대 인원들부터 용사의 방으로 가라고 한다?"

"그래 주시면 감사하겠습니다. 그럼 전 먼저 가서 준비하고 있겠습니다."

"그래, 고생하고. 아참, 대한아."

"예, 선배님."

"네가 준 술 맛있더라. 덕분에 요즘 혀가 호강하고 있어."

"맛있게 드셔 주시니 다행입니다. 다 떨어지면 제가 또 한 병

갖다드리겠습니다."

"아닛! 야, 괜찮아! 그냥 진짜 맛있어서 이야기한 건데 이럼 내가 갖다 달라고 눈치 주는 것 같잖아. 안 갖다 줘도 돼, 진짜."

"하하, 예, 알겠습니다. 그럼 먼저 가 보겠습니다. 충성!"

대한의 말에 화들짝 놀라 손사래를 치는 고종민.

그는 그저 고맙단 말을 하고 싶었던 것뿐인데 괜한 오해를 만든 것 같아 심히 당황스러워했다.

물론 대한도 안다. 고종민은 이런 걸로 눈치를 줄 만큼 나쁜 사람이 아니었으니까.

그렇기에 대한도 웃으며 받아 준 것이었고 이윽고 간부 연구실에 뽑아 놓았던 리그전 명단을 들고 용사의 방으로 향했다.

'사람 많네.'

며칠간 계속되는 호우로 야외 활동을 못 해서 그런지 용사의 방에는 병력들이 많았다.

갑작스러운 대한의 등장에 병사들은 서둘러 경례를 올렸고 대한이 가볍게 경례를 받아 주며 말했다.

"여기 철권 리그전 신청했던 인원들 거수."

그 말에 아니나 다를까, 대부분의 인원들이 손을 들었다.

그럼 그렇지.

이런 날 연습 안 하면 언제 연습을 할까?

대한이 씩 웃으며 말했다.

"다들 열심히 하고 있네. 그런 의미에서 오늘부터 미뤄 왔던 철권 리그전을 시작하도록 하겠다.”

“오!”

“정말이심까!”

“드디어!”

철권리그 개막 소식에 흥분하는 병력들.

그때, 주머니에 넣어 둔 대한의 휴대폰이 울렸다.

확인해 보니 차현수였다.

‘이 양반은 갑자기 왜?’

차현수의 이름을 본 대한은 또다시 미간을 좁혔고 그 표정 그대로 전화를 받았다.

“충성. 소위 김대한입니다.”

-야, 너 뭐야?

잔뜩 화가 난 목소리.

그러나 대한은 전혀 기죽지 않고 차분히 되물었다.

“왜 그러십니까?”

-네가 뭔데 주말에 단 애들을 부르라 마라야?

역시.

예상은 하고 있었지만 진짜 이것 때문에 전화했을 줄이야.

고종민이 대신 전화해 준다고는 했지만 아무래도 안 통한 모양.

‘근데 내가 불러 달라고 한 건 또 어떻게 알았지?’

고종민은 말하지 않았다.

그럼에도 차현수가 대한이라고 생각할 수 있었던 건 일전에 고종민이 철권 리그에 대한 보고를 하러 단 인사과에 갔을 때 이번 리그의 기획자가 자신과 대한이라는 걸 말해 주어 차현수도 알게 된 것뿐.

차현수의 다그침에 대한이 조곤조곤한 목소리로 대답했다.

"다름이 아니고 철권 리그전 때문에 요청을 드렸습니다."

―내가 그걸 몰라서 묻는 것 같아? 내 말은 평일에 하면 되지 왜 굳이 주말에 부르냐는 거잖아! 어! 너 돌대가리야?

"뭔가 오해가 있으신 것 같습니다. 제가 사적으로 진행하고 자 한 것이 아니라 일전에 참가자 종합을 받을 때 분명히 주말 및 자유 시간에 할 수도 있다고 고지했고 참가자들도 모두 동의했습니다. 그래서 상대적으로 시간 여유가 있는 주말에 일을 진행하려고 한 것뿐입니다."

쉽게 말해 '참가자도 지랄 안 하는데 네가 왜 지랄이냐'라고 묻는 것.

하지만 상대가 선배였기에 예의를 갖추어 말했다.

그때, 대한의 머릿속에 한 가지 가능성이 떠올랐다.

'설마 안내 방송하다가 당직사령한테 털렸나?'

물론 좀 말도 안 되는 일이긴 한데 여긴 군대니까…….

백문이 불여일견이라고 바로 확인해 보기로 했다.

"혹시 방송 관련해서 당직사령님이 뭐라고 하셨습니까? 그런 거라면 제가 직접 올라가서 따로 말씀드리겠습니다."

―사령님 이야기가 여기서 왜 나와? 그리고 네가 올라오면 주말에 병력들 부른 게 곱게 넘어갈 것 같아?

　"왜 곱게 넘어가지 않습니까? 충분히 설명드리고 납득시킬 수 있습니다. 지금 올라가 봐도 되겠습니까?"

　자신이야 있었다.

　초급간부들이야 생각이 좀 다를 수도 있겠지만 단 당직사령이라 함은 최소 대위급들이 맡아서 한다.

　또한 모든 대위들이 그런 건 아니지만 대부분의 상급자들은 주말에 병력들이 생활관에서 쉬기만 하는 걸 별로 좋아하지 않았다.

　장기 복무에 대한 강박 때문인지 그들은 늘 생산성을 중요시 여겼으니까.

　그래서 자신 있었다.

　지금처럼 비도 많이 오고 체육 활동도 제한되는 지금, 간부 통제 하에 주말을 이용해 부대 행사를 진행한다고 하면 분명히 좋아할 테니까.

　그리고 그 사실은 차현수도 익히 알고 있었다.

　그래서 더 화를 냈다.

　차현수는 당직사령한테 혼난 게 아니라 본인이 귀찮아서 꼬장을 부리고 있는 것이었으니까.

　―아니, 근데 이 새끼가 끝까지 기어오르네? 하지 말라면 하지 마, 이 새끼야! 어디 선배가 말하는데, 너 미쳤어?

덕분에 대한은 차현수가 어느 부분에서 화가 났는지 확실히 알 수 있었다.

'이 자식은 진짜 한결같네.'

대한은 그냥 알겠다고 대답했다. 어차피 이대로 계속 이야기해 봤자 더 말도 안 통할 테니까.

"알겠습니다."

─뭐?

"알겠다고 말씀드렸습니다."

─새끼가…… 진작 그럴 것이지.

"예, 이상이십니까?"

─그래, 이상이다.

"예, 알겠습니다. 고생하십쇼. 충성!"

대한의 고분고분한 태도에 차현수는 그제야 흡족한 표정을 지으며 전화를 끊었다.

통화를 마친 대한이 병사들에게 물었다.

"오늘 단 당직사령님 누구시냐?"

"2중대장님이십니다."

"그래? 그럼 나 전화 한 통만 하고 올 테니까 다들 대기하고 있어."

"예, 다녀오십쇼!"

마침 잘됐다.

밖으로 나온 대한은 곧장 2중대장인 정우진에게 전화를 걸었다.

"충성! 중대장님, 혹시 지금 통화 괜찮으십니까?"

─어, 대한이 아냐, 주말에 무슨 일이야?

"다름이 아니라 금일 철권 리그전을 진행하고자 하여 연락드렸습니다."

─철권 리그전? 아…… 중대 애들이 휴가 걸려 있다고 엄청 열심히 하던 그거? 그게 오늘이었나? 근데 그냥 하면 되지 왜? 뭐, 필요한 거 있냐?

그래, 이게 정상적인 반응이지.

정우진의 협조적인 반응에 대한은 자기도 모르게 소리 없는 웃음을 터뜨렸고 곧바로 눈에 이채를 띠기 시작했다.

'현수야, 나는 알겠다고 했지. 안 한다고 한 적은 없다.'

단에 올라오지 말라고 해서 안 올라가겠다고 했을 뿐, 행사를 안 하겠다고 한 적은 없었다.

그래서 정우진에게 다이렉트로 전화를 한 것.

물론 어떤 문제든 평화적으로 해결하는 게 가장 좋긴 하지만 이번만큼은 권력의 힘을 좀 빌리기로 했다.

다른 사람도 아니고 차현수였으니까.

'내가 전생에 차현수한테 괴롭힘 당한 것만 생각하면 아직도 이가 갈린다.'

이것은 그때 겪은 것에 대한 작은 복수…… 아니 작은 복수를 위한 준비 과정에 불과했다.

정우진의 물음에 대한은 차현수에게 먼저 연락했다는 말은 빼고 현재 상황에 대한 설명을 시작했다.

"……그래서 단 인원들 통제가 필요한 상황입니다. 근무 중에 죄송하지만 혹시 방송 부탁드려도 되겠습니까?"

—넌 주말에도 참 열심히네…… 알겠다, 하급자가 일하겠다는데 안 도와줄 상급자가 어딨겠냐? 지금 바로 용사의 방으로 보내 주면 되는 거지?

"예, 그렇습니다."

—지금 바로 보내 줄게. 아, 그리고 다음부턴 이런 일 있으면 당직사령 누군지 찾아보지 말고 단 지휘 통제실로 바로 연락해라. 주말에 간부가 일한다는데 반대할 당직사령이 어디 있겠냐? 분명히 다들 도와줄 거다.

"예, 감사합니다. 그럼 다음부턴 바로 지휘 통제실로 연락하겠습니다."

—그래, 혹시라도 안 도와주는 간부 있으면 나한테 말하고. 아, 대한아 혹시 점심때까지 부대에 있냐?

"예, 오후 때까지 있을 것 같습니다. 왜 그러십니까?"

—시간 괜찮으면 이따 밥이나 같이 먹자고.

"저는 항상 좋습니다. 그럼 이따 모시러 가겠습니다."

—그런 거 안 해도 돼. 병영 식당에서 보자.

"예, 충성!"

같은 대대 소속이라서 챙겨 주는 게 아니었다.

대한의 행동 자체가 기특한 것도 있었지만 평소 대한을 좋게 보고 있었기에 이런 반응이 즉각 나온 것이었다.

그런 의미에서 정우진에게 차현수 이야기를 안 한 건 잘한 일이었다. 좀 전에 정우진이 방해하는 간부 있으면 말하라고 했지만서도 육사 출신인 그는 고자질쟁이를 매우 싫어했기 때문.

통화를 마친 대한이 씩 웃으며 다시 용사의 방으로 발걸음을 옮긴다.

통화가 종료된 뒤 흡연하고 온 차현수에게 정우진이 말했다.

"인사장교, 단 병력들 중에 철권 리그전 참가 인원들 전부 용사의 방으로 이동하라고 방송해라."

"지, 지금 말씀이십니까?"

차현수가 놀란 얼굴로 되묻자 정우진이 이상하다는 듯 미간을 찌푸리며 말했다.

"그럼? 시간을 안 알려 줬으면 지금 당장인 건 당연한 거 아니냐?"

"……죄송합니다. 바로 방송하겠습니다."

정우진의 쏘아붙임에 차현수는 바로 마이크를 잡았고 그와 동시에 한 가지 사실이 머릿속을 떠나지 않았다.

'설마 김대한 그 자식이 일러바친 건 아니겠지?'

가만히 있던 정우진이 갑자기 저런 명령이라니.

그러나 웃긴 점은 본인도 대한에게 억지를 부렸다는 걸 잘 알고 있다는 것.

다시 말해, 도둑이 제발 저려서 불안한 것이었다.

이윽고 방송을 마친 차현수가 의자에 몸을 뉘였으나 그럼에도 여전히 불안함이 가시지 않았다.

그도 그럴 게 정우진은 무섭기로 소문난 사람이었으니까.

'하…… 나중에 되면 더 크게 혼날 것 같은데 그냥 지금 먼저 사과를 드려야 되나.'

그래.

매도 먼저 맞는 게 낫다고 차라리 그게 나은 것 같았다.

마음을 다잡은 차현수가 조심스레 정우진에게 물었다.

"저…… 중대장님?"

"왜."

"혹시 김대한 소위한테 연락받고 방송 말씀하신 겁니까?"

그 말에 정우진이 미간을 좁히며 물었다.

"……질문하는 의도가 뭐야?"

젠장.

역시 괜히 말 꺼냈다.

막상 저 험상궂은 얼굴을 보니 도저히 먼저 매 맞을 용기가 안 났다.

그래서 말을 돌렸다.

"그…… 김대한 소위가 리그전 진행을 맡고 있어서 혹시 주말에도 본인이 직접 하는 건지 궁금해서 여쭤봤습니다."

"어, 지금 용사의 방에서 통제하고 있다고 들었다."

"그렇습니까…… 그럼 혹시 다른 말 들으신 건 없으십니까?"

"야."

"예?"

"너 지금 나한테 보고 받나?"

"예……?"

"내가 한 전화 내용을 일일이 너한테 다 말해 줘야 되냐고."

"아, 아닙니다! 죄송합니다!"

"쯧."

혀를 차며 고개를 돌리는 정우진.

뭐지? 말 안 한 건가?

반응이 애매해서 확신이 안 선다.

그러다 문득 그런 생각이 들었다.

'아냐. 저 양반은 FM 그 자체로 소문난 양반인데 만약 김대한 그놈이 일렀으면 내가 말하기도 전에 벌써 뭐라고 했겠지.'

그래.

대한은 아무런 말도 안 한 게 분명했다.

그래서일까?

갑자기 김대한이 괘씸하게 느껴지기 시작했다.

'아니, 근데 이 새끼는 내가 하지 말라고 했는데도 바득바득 전화해서 기어코 일을 진행시켜? 반항하는 거야 뭐야?'

정우진에 대한 불안은 금세 대한에 대한 분노로 바뀌었고 차현수는 밖으로 나가 곧장 대한에게 전화를 걸었다.

위이잉!

'왔네.'

대한은 전화기에 뜨는 차현수의 이름을 보며 피식 웃었다.

정우진에게 다이렉트로 허락을 받았으니 얼마 지나지 않아 차현수에게 전화가 올 거란 걸 예상하고 있었기 때문이다.

대한이 전화를 받았다.

"충성, 소위 김대한 전화받았습니다."

─야, 너 뭐야?

"뭐가 말씀이십니까?"

─내가 그거 하지 말라고 안 했냐? 근데 감히 날 무시하고 중대장님한테 전화를 해?

대한은 눈을 좁혔다.

화가 나서가 아니다.

이런 반응을 기다리고 있었기 때문이다.

"무슨 말씀하시는 건지 잘 모르겠습니다."

─뭐?

"올라오지 말라고 하셔서 안 올라갔고 그래서 대신 전화로 한 건데 무슨 문제 있습니까?"

─문제? 문제에? 야, 김대한.

"소위 김대한."

─너 미쳤냐?

차현수의 목소리가 금세 살벌해졌다.

－지금 내가 장난하는 것 같아? 너 눈치 없어?

차갑게 식은 차현수의 목소리.

진짜 화난 차현수는 이렇게 낮은 목소리에서부터 시작했다.

'너무 많이 봐서 잘 알지.'

그렇기에 반가웠다.

오늘만큼은 그가 제대로 화내 주기를 바랐으니까.

대한이 슬쩍 웃으며 말했다.

"제가 무슨 잘못을 했습니까?"

－뭐?

"주말에 병력들 불러서 제 방 청소시킨 것도 아니고 지금 인사 쪽에서 나온 대회 진행 중이지 않습니까? 이거 사적 지시가 아니라 부대 행사 진행하는 겁니다."

－야, 너……!

"그리고 설령 욕을 먹더라도 선배님이 먹겠습니까? 주말에 일을 진행한 제가 먹지? 그래서 세부 진행 보고 안 하고 진행하는 거 아닙니까. 나중에 문제가 되면 저 혼자 책임지려고."

대한의 목소리는 높낮이가 없었지만 묘하게 사람을 압도하는 힘을 갖고 있었다.

타고 난 게 아니었다.

대한은 대위로 오래 지냈고 대위로 지내는 동안 아랫사람을 많이 혼내 봤기에 자연스레 묻어나는 것이었다.

하지만 그런 사정을 알 리가 없는 차현수는 점점 더 대한에게 압도되었다.

'무, 뭐야? 이 새끼가 원래 이렇게 말을 잘하는 놈이었나?'

말문이 막힌 차현수가 잠시 침묵하자 대한이 그때를 놓치지 않고 쐐기를 박았다.

"후…… 선배님, 지금 어디십니까? 전화로 이럴 게 아니라 제가 지금 단으로 올라가겠습니다. 아무래도 이건 직접 뵙고 해야 될 이야기인 것 같습니다."

─오, 온다고? 지금?

"지휘 통제실에 계십니까? 저는 선배님이 왜 이 일을 반대하시는 건지 잘 모르겠습니다. 그러니 직접 찾아뵙고 말씀드리겠습니다."

이후 대한은 곧장 전화를 끊었다.

차현수 놈.

아마 미친 듯이 불안할 테지.

대한은 입꼬리를 한번 올려 보인 후 병사들에게 잠시 대기 명령을 내렸다. 그런 다음 쏟아지는 비를 뚫고 지휘 통제실에 다다르자 저 멀리 대한을 마중 나온 차현수가 보였다.

'등신 같은 놈, 어지간히 쫄렸나 보네.'

차현수가 저런 얼굴도 할 줄 알다니, 똥마려운 개 같은 표정을 짓고 있는데 그 표정이 그렇게 웃길 수가 없다.

이윽고 차현수의 가시권에 들어간 대한이 먼저 경례를 올렸다.

"충성. 왜 나와 계십니까? 제가 바로 지통실로 가면 되는데."

"아, 아니 그게…… 야, 일단 이리 좀 와봐라."

차현수는 대한을 데리고 비어 있는 지원과로 장소를 옮겼다.

지휘 통제실에는 보는 눈이 많으니 어쩔 수가 없었다.

대한은 짐짓 긴장한 기색이 보이는 차현수에게 터져 나오려는 웃음을 참으며 물었다.

"선배님."

"어, 어."

"제가 대체 뭘 잘못한 겁니까? 저는 제가 선배님을 도와드리고 있다고 생각했는데."

"날 돕고 있다고……?"

철권 리그 자체가 대한이 벌린 일이긴 하지만 그래서 남에게 피해 주지 않기 위해 대한이 대부분의 일을 처리하고 있었다.

차현수가 하는 일이라곤 대대에서 올라온 서류를 결재 올리는 것 정도.

문제는 차현수는 그것조차 일이라고 생각하고 있었기에 이런 꼬장을 부렸던 것이었다.

차현수의 반응에 대한이 눈살을 좁히며 말했다.

"선배님은 아니라고 생각하시는가 봅니다? 그럼 오늘 있었던 일, 내일 일과 시작하자마자 단장님과 대대장님한테 설명드리겠습니다."

"무, 뭐?"

"제가 하는 일처리가 마음에 안 드시는 거 아닙니까? 실무자가 마음에 안 들어 하는데 굳이 제가 이 일을 더 할 필요는 없을 것 같습니다. 지휘관분들이 내린 지시이긴 하지만 그래도 실무자가 마음에 안 든다는데 제가 어쩌겠습니까? 내일 설명드리고 전 이 일에서 빠지겠습니다."

대한의 융단폭격 같은 쏘아붙임에 차현수의 눈이 휘둥그레 커졌다.

무려 지휘관 지시로 하고 있는 일인데 아무리 실무자라고 해도 고작해야 인사장교 나부랭이가 태클을 건다는 건 지휘관을 모욕하는 행위와 다를 바 없었으니까.

그제야 정신이 번쩍 든 차현수가 황급히 말을 더듬으며 말했다.

"아, 아니. 잠깐만 대한아. 내가 그런 뜻으로 한 말이 아니란 거 알잖아."

지랄하네.

대한이 단호하게 대답했다.

"제가 머리가 안 좋아서 잘 모르겠습니다. 당직사령님도 칭찬한 일이신데 대체 어느 부분에서 선배님을 화나게 한 건지 모르겠습니다. 이럴 게 아니라 지금 사령님한테 가서 물어보시는 건 어떠시겠습니까?"

정우진이 언급되자 차현수의 얼굴이 순식간에 파래졌다.

더불어 슬슬 대한이 무섭게 느껴지기 시작했다.

'이, 이 새끼 왜이래?'

물렁한 놈인 줄 알았더니 이렇게 무서운 놈이었을 줄이야.

차현수는 대한의 똘끼를 파악하자마자 마른침을 삼키며 속으로 눈알을 이리저리 굴렸다.

어떻게든 이 상황을 타개해야만 했으니까.

얼마 뒤, 차현수가 묵은 숨을 토해 내며 말했다.

"아니, 대한아. 그래. 너 일 잘하는 건 알지. 근데 그…… 주말에 비도 오는데 병력들도 좀 쉬게 돼야 하잖아. 난 병사들 생각해서 그런 건데……."

"이번 철권 리그, 신청자들끼리만 진행하는 거고 주말이나 자유 시간에 할 수도 있다고 미리 동의도 받았습니다."

"그래, 그런데 그…… 아무리 동의를 받았어도 누구는 분위기에 휩쓸려 동의한 걸 수도 있다고 생각해서 그랬지. 그 군중심리라는 게 있잖아? 그래서……."

횡설수설 하는 차현수.

차현수는 지금 자기가 무슨 말을 하고 있는지도 몰랐고 결국 백기를 들 수밖에 없었다.

"……미안하다, 내가 나쁜 뜻으로 그런 건 아니고 여러 사람의 입장을 좀 생각하다 보니 말이 좀 세게 나왔다. 내 평소 성격 알잖아?"

알지.

아니까 이 꼴이 난 거지.

대한이 속으로 피식 웃었다.

'이쯤 해야겠군.'

여기서 더 나가면 오히려 과했다.

진짜로 상급자에게 보고했다가 일이 커지기라도 하면 차현수가 꼬리를 말기는커녕 오히려 분노와 복수로 가득 찬 괴물이 될 수도 있었으니까.

대한이 코로 숨을 깊게 내쉬며 말했다.

"예, 이해했습니다. 아무래도 이번 일은, 저희가 단과 대대에 있으면서 대화가 부족해 이런 상황이 벌어진 것 같습니다."

"그래, 대화! 이래서 대화가 중요한 거야! 앞으로 우리 소통 좀 하고 살자. 두 번 다시 이런 일 없게."

차현수가 어색하게 미소 지으며 대한의 어깨에 손을 올렸고 대한도 어색하게 웃어 주며 일을 마무리 지었다.

좀 모자란 놈이긴 해도 어쨌든 선배는 선배였으니까.

"예, 앞으로도 제가 모르는 거 있으면 많이 도와주십쇼. 그럼 전 애들이 대기하고 있어서 바로 다시 내려가 보겠습니다."

"어어, 그래. 혹시라도 또 필요한 거 있으면 언제든지 전화하고. 얼른 내려가."

"예, 선배님. 먼저 가 보겠습니다. 충성!"

"충성!"

큰 목소리로 경례를 받아 주는 차현수.

이제 차현수도 알았을 것이다.

대한은 계급으로 찍어 내릴 수 있는 사람이 아니란 걸.

"에휴, 내 팔자야……."

차현수가 어깨를 축 늘어뜨리며 흡연장으로 향한다.

이윽고 대대 다목적실.

뒤늦게 도착한 단 인원들까지 한데 모은 대한은 다목적실로 장소를 옮겼고 자리를 옮긴 대한이 병력들에게 외쳤다.

"자, 주목."

"주목!"

"지금부터 철권 리그를 진행할 건데 혹시라도 여기 모인 인원들 중에 주말에 리그전하는 거 반대하는 인원 있나? 주말에 쉬고 싶은데 억지로 나온 그런 사람들은 평일에 따로 대진표 짜 줄 테니까 지금 말해."

"없습니다!"

그래.

당연히 없겠지.

하지만 등신 같은 차현수 때문에 일부러 한 번 더 확인했다.

"형평성을 위해 철권의 신은 이번 대회에 불참시킨 거 알지? 그러니까 이제부턴 인간계끼리 치고 박고 싸우는 거야. 자, 그럼 지금부터 철권 리그를 시작하겠다."

"와아아!"

대대 다목적실에 그 어느 때보다도 뜨거운 함성들이 가득 메워졌다.

"일단 단과 대대 일정이 다르기에 예선전은 나눠서 진행하겠다. 다들 EPL 알지? 축구 리그처럼 각 부대 인원들을 2번씩 상대해서 승점을 가릴 거다."

쉽게 말해 최소 38게임을 해야 한다는 말.

인원이 많았기에 하루에 한 게임, 혹은 이틀에 한 게임 정도가 한계였다.

하지만 그럼에도 날짜 계산을 해서 수능 전까지의 일정은 이미 확보해 두었다. 그래야 최종찬을 안 괴롭힐 테니까.

"승점 상위 8명을 따로 차출해서 본선 토너먼트를 진행할 예정인데 여기까지 이해 못 했거나 질문 있는 사람?"

"없습니다!"

"좋아, 여기서 주의 사항 설명해 준다. 경기 결과는 두 사람이 경기를 진행한 후 1중대 행정반의 황재우를 찾아가 보고하면 되는데 반드시 경기를 치른 두 사람이 같이 가서 말해야 한다. 알겠나?"

"예, 알겠습니다!"

굳이 황재우에게 가서 보고하라는 이유는 일과 이후까지 용사의 방에서 살고 싶지 않았기에 생각해 낸 방법이었다.

'거기다 두 사람이 함께 와서 보고하면 결과를 조작할 수도

없을 테고.'

이 방법은 황재우가 고생을 좀 해야 했지만 무한한 대한의 신봉자인 황재우는 조금도 망설이지 않고 대한의 부탁을 수락했다. 또한 참가 인원들도 별로 불만이 없는지 따로 이의 제기 같은 건 나오지 않았다.

당연했다.

그들 입장에서도 대한이 지켜보고 있는 것보단 서로 즐기며 게임하고 따로 결과를 보고하는 게 훨씬 편했으니까.

대한의 말이 이어졌다.

"그리고 또 하나, 게임 하다가 실제로 싸우거나 문제를 일으키는 인원들은 바로 탈락 처리다. 물론 그에 따른 합당한 징계도 내릴 거니까 군인답게 정정당당하게 경기들 해라. 알겠나?"

"예! 알겠습니다!"

"설명은 여기까지 하고, 그럼 이제 일정을 짜야 되는데……여기서 병장들 손들어 봐."

그 말에 몇몇 병장들이 손을 들었고 대한이 종이를 나눠 주며 말했다.

"이런 건 각 부대 고참들이 짜야 불만이 없지. 30분 준다, 알아서 대진표 완성해."

"예, 알겠습니다."

모든 일들이 그렇지만 특히 군대의 일이라는 게 혼자 하려면 한없이 힘들기 마련.

하지만 지휘자가 인재들을 적재적소에 잘만 배치해 활용한다면 그만큼 편한 곳도 없는 게 군대이기도 했다.

　대한의 지시에 각 부대 왕고들이 열정적으로 토론하며 참가자들의 대진 일정을 작성했고 얼마 뒤 대진 스케줄이 나오자 다들 자신의 스케줄을 수첩에 옮겨 적기 시작했다.

　대한이 대진표를 쓱 훑어보며 말했다.

　"대충 각 나왔네. 그럼 지금부터 바로 시작할까?"

　"예!"

　"좋다. 그럼 이제 서로 죽여라."

　"와!"

　"가즈아!"

　리그 자동화 시스템을 구축한 대한은 용사의 방으로 향하는 병력들을 만족스러운 표정으로 바라봤다.

　'이렇게 쉽게 처리할 수 있는 일을 왜 그렇게 다들 어렵다고 툴툴대는 건지.'

　이런 게 바로 짬에서 나오는 바이브가 아니겠는가.

　대한은 시계를 확인한 뒤 바로 간부 연구실로 향했다.

　아니나 다를까, 간부 연구실에는 늦깎이 학생들의 스터디가 한창이었다.

　대한의 등장에 옥지성이 경례했다.

　"쉬어, 충성!"

　"됐어, 공부할 땐 경례 안 해도 돼."

"감사합니다."

옥지성이 멋쩍게 웃으며 대답하고는 다시 자리에 앉아 풀고 있던 문제에 집중했다.

'기특한 녀석들.'

부디 노력한 것 이상의 성과를 거두면 좋을 텐데.

대한은 옥지성과 최종찬을 얼마간 바라보던 끝에 컴퓨터를 켜 프린트 한 장을 뽑아 황재우를 데리고 행정반으로 향했다.

"붙여."

대한이 뽑은 프린트에는 이렇게 적혀져 있었다.

[황재우가 행정반에 없으면 간부 연구실로.]

"이게 뭡니까?"

"철권 리그 시작됐다."

"아."

"애들 공부도 봐줘야 될 거 아냐. 네가 고생이 많다."

"아닙니다. 이 정도는 전부 소화할 수 있습니다."

"네가 고생이 많아. 이거 내 카드니까 이따 먹고 싶은 거 있음 스터디원들이랑 같이 가서 먹고 와."

"감사합니다!"

첫날이니 만큼 대한이 직접 접수를 받아 줄까 하다 귀찮아서 그냥 말았다.

그로부터 얼마 뒤, 첫 번째 경기를 마친 참가자들이 나타났고 행정반 앞 프린트를 본 참가자들은 즉시 간부 연구실로 이동해 황재우를 찾았다.

그때부터 황재우도 바빠지기 시작했다.

얼마 뒤 세 경기의 결과를 기록한 황재우는 잠시 고민하더니 새로 프린트를 하나 뽑아 행정반 문 앞에 붙였다.

[리그 결과 기록을 맡은 황재우는 매 시각 10, 30, 50분마다 행정반에 방문할 예정. 그때 결과 접수하길 바람.]

S급 일꾼이 되기 위해 홀로 성장해 나가는 황재우였다.

※

점심시간 10분 전.

병영 식당에 도착한 대한은 식판 2개에 밥을 미리 받아 놓은 뒤 단 지휘 통제실로 향했다.

타이밍이 좋았다. 때마침 정우진도 이동하기 위해 베레모를 챙기고 있었으니까.

"충성!"

"왜 왔어? 식당에서 보자니까."

"비가 이렇게 오는데 중대장님 혼자 오시다가 무슨 일이라도 생기면 어떡합니까. 제가 의전하겠습니다."

"……이영훈이 요즘 너랑만 다니는 이유를 알겠네."

대한은 커다란 골프우산을 흔들어 보이며 씩 웃었고, 정우진
도 대한의 말에 피식 웃은 뒤 함께 병영 식당으로 향했다.

병영 식당에 도착한 대한은 미리 세팅해 놓은 테이블로 정우
진을 안내했는데 미리 세팅된 식판을 본 정우진이 어이가 없다
는 듯 대한을 쳐다봤다.

"언제 밥까지 받아 놓은 거냐?"

"대대에서 올라오는 길이지 않습니까. 잠시 들러서 받아 놨
습니다."

"다음부턴 이런 거 하지 마."

정우진의 진지한 말투에 대한이 자세를 고쳐 앉았다.

'육사 출신이라 그런가, 2중대장은 이런 거 싫어하나 보네.'

하긴.

자기 밑에 있는 소대장도 아니고 불편할 수도 있겠다 싶었
다. 그렇기에 대한도 진지한 모습으로 대답했다.

"불쾌하셨다면 죄송합니다. 다음부턴 이런 일 없게……."

"아니, 그런 게 아니라. 내가 버릇 나빠질 것 같아서 그래."

그 말과 함께 씩 웃어 보이는 정우진.

그 웃음에 대한도 덩달아 웃었다.

"아, 그런 말씀이셨습니까?"

"그래, 대위 때 이런 대접을 받을 줄은 전혀 상상도 못 했다."

"이 정도는 기본 아니겠습니까."

"그럼 네 동기들은 기본도 없는 놈들이냐? 네가 이상한 거지."

동기들.

2중대 소대장들을 말했다.

"아…… 생각해 보니 그런 것 같습니다. 제가 이상한 것 같습니다."

미우나 고우나 동기였다.

심지어 동기의 직속상관 앞에서 동기 욕을 할 순 없는 노릇.

그때, 정우진이 숟가락을 들며 대한에게 질문했다.

"그나저나 다음 주에 국방일보에서 우리 부대 방문한다며?"

"그걸 어떻게 아십니까?"

"유빈이가 어젯밤부터 바짝 준비하고 있던데? 아마 지금도 준비 중일 걸?"

이야…….

가능성 있다더니 진짜로 해냈네?

대한은 식사를 마치고 정우진과 헤어진 뒤, 곧바로 안유빈에게 전화를 걸었다.

"충성! 선배님, 혹시 지금 통화 괜찮으십니까?"

─어, 대한아. 당연히 괜찮지. 무슨 일이야?

"그게…… 들으려고 들은 건 아닌데 좋은 소식이 있다고 해서 전화드렸습니다."

─하하, 주말이라서 일부러 연락 안 했는데, 벌써 네 귀에 들어갔구나?

"2중대장님께서 말씀해 주셨습니다."

─그래? 대한아, 국방일보에서 다음 주 화요일에 나오기로 했다. 첫날 인성 교육 시작하는 거 촬영해서 내보내 주겠대.

안유빈 또한 이 소식을 대한에게 얼른 전하고 싶었던지 대한과 통화하는 내내 신나게 떠들었고 대한 역시 기분 좋게 미소 지으며 안유빈과 쾌거를 만끽했다.

'솔직히 기대는 안 했는데 막상 진행되니까 진짜 기분 좋네.'

안유빈을 믿지 못해서 기대 안 한 게 아니라 당장 기간이 얼마 남지 않아서 기대를 안 한 것이었다.

그도 그럴 게 국방일보에도 정해진 일정이라는 게 있을 테니까. 그런데 안유빈이 떡하니 일정을 잡아 왔으니 기쁨이 배가 될 수밖에.

대한이 말했다.

"첫날이라 더 좋은 것 같습니다. 그나저나 이건 언제 결정 난 겁니까?"

─어제 낮에 연락 왔어. 다음 주 일정이 외부 일정이었는데 비 때문에 다 취소됐다고 급하게 연락 주셨는데 내가 바로 잡아 버렸지.

역시.

행운은 준비하는 자에게 찾아오는 법.

대한이 고개를 끄덕이며 물었다.

"단장님이랑 대대장님께는 보고드리셨습니까?"

ㅡ이번 건은 국방일보에 연락하기 전부터 미리 보고를 드렸었는데 당연히 두 분 다 허락하셨어. 내일 직접 보고드릴 건데 엄청 좋아하실 것 같다.

"오…… 근데 저희 대대장님은 이해가 되는데 단장님도 허락해 주셨습니까?"

박희재의 허락은 당연히 예상했다.

하지만 이원영은 좀 의외였다.

그도 그럴 게 단이 아니라 박희재의 부대에 방문하는 거라 질투 많은 이원영이 쉽게 허락해 줬을 리가 없다는 생각이 들어서였다.

아니나 다를까, 대한의 물음에 안유빈이 한숨을 내쉬며 말했다.

ㅡ너도 벌써 두 분의 관계에 대해 아는구나? 그래. 네 말마따나 단장님은 좀 다르게 말씀하셨어.

"설마 허락 안 해 주셨습니까?"

ㅡ아니, 허락은 해 주셨어. 대신 단과 대대 통합으로 진행하자고 하시더라고.

아.

이 양반 보게?

역시 단장쯤 되면 짬을 헛으로 먹은 게 아니구나 싶었다.

그도 그럴 게 단과 대대가 통합해서 교육을 진행하게 되면 이번 인성 교육 건에 대한 스포트라이트는 상급자인 이원영이 모두 받게 될 테니까.

'보통은 부대의 장이랑 인터뷰 하는 게 국룰이니까. 그나저나 그 양반도 참 노련해.'

문제는 대대장이었다.

대한이 걱정스러운 투로 물었다.

"대대장님이 허락하실지 모르겠습니다."

─그렇지? 내가 생각해도 그래. 그래서 일단 인사장교님한테 말해 놓긴 했거든? 월요일에 알아서 잘 말씀해 주시겠지.

차현수가 퍽이나 잘도 말하겠다. 그저 고종민이나 갈구겠지.

대한이 이 일을 어떻게 처리하면 좋을지 고민하고 있을 때였다.

안유빈이 말했다.

─아, 그리고 체력 단련 건도 따로 촬영하러 오신다더라.

"예? 그거 기사만 내는 거 아니었습니까?"

─원래는 그럴 생각이었지. 근데 국방일보 쪽에서 말하길, 이런 건 전 부대에 알릴 만하다고 하시더라고.

"아?"

대한은 자기도 모르게 육성을 내뱉고 말았다.

얼핏 들으면 경사였지만 여긴 군대였다.

군대가 어떤 곳인가?

보여 주기가 전부인 곳이다.

다시 말해 국방일보에서 체력 단련 때문에 따로 시간 내서 오는데 딸랑 탄약통 달리기 하나만 보여 줘선 안 된다는 말.

물론 다른 운동들도 미리 취합해서 이영훈에게 전달하긴 했지만……

'운동법 전파는 틈 봐서 천천히 좀 가르칠랬더만 하…… 이렇게 된 이상 미리미리 연습 좀 시켜 놔야겠어.'

그때, 대한의 머릿속에 좋은 생각이 떠올랐다.

"선배님, 혹시 체력 단련 취재 건도 단장님과 대대장님께 보고하셨습니까?"

―아니, 그건 아직. 촬영 날짜가 안 정해져서 확실해지면 말씀드리려고. 근데 언제 정해질진 몰라, 날씨 보고 오신다더라. 근데 왜?

아직 보고 전이라니 잘됐다.

대한이 웃으며 말했다.

"어쩌면 이 상황을 유도리 있게 풀 수 있을 것 같아서 그렇습니다. 그래서 말인데 혹시 그 보고는 제가 직접 드려도 되겠습니까?"

―네가?

"예. 아, 물론 보고 전에 선배님께 미리 말씀드리고 들어가겠습니다."

―그래, 뭐. 그게 뭐 그리 어려운 일이라고 알겠어. 그럼 날짜

정해지면 너한테 먼저 말해 줄게.

"감사합니다. 고생하셨습니다. 선배님."

―아니야, 내가 뭘 고생을 했다고 고생은 네가 다 했지. 덕분에 나도 오랜만에 즐겁게 일했다.

"에이, 아닙니다. 그래도 알아주셔서 감사합니다."

―크큭, 밥은 먹었냐? 같이 먹을래?

"방금 2중대장님이랑 식사하고 나왔습니다. 그럼 혹시 이따 저녁 괜찮으시면 저녁은 어떠십니까?"

―저녁 좋지. 그럼 저녁에 보자.

"예, 그럼 저녁에 뵙겠습니다. 충성!"

안유빈과 기분 좋게 통화를 마친 대한은 이어서 누군가에게 전화를 걸었다. 인성 교육을 진행해 줄 송창현 단장이었다.

걱정은 걱정이고 경사는 얼른 알려 주는 것이 도리였으니까.

또 미리 당부해 둘 것도 있고 말이다.

대한의 입가에 미소가 그려진다.

✻

다음 날, 월요일.

평소보다 훨씬 일찍 출근한 대한은 간부 연구실에 짐만 놔둔 채 그대로 지휘 통제실로 향했다.

지휘 통제실에 도착하자 표정이 어두운 고종민이 대한을 반겨 주었다.

"왔냐……."

"충성, 좋은 아침입니다. 선배님."

"그래, 좋은 아침……."

"왜 그렇게 울상이십니까? 비 와서 점호도 실내점호 하셨을 것 같은데."

"실내점호 했지. 근데 실내점호가 뭐가 그리 중하겠냐……."

"혹시 인성 교육 건 때문에 그러십니까?"

"…어? 너 그거 어떻게 알았냐?"

혹시나 했는데 역시나.

대한의 물음에 고종민이 상체를 벌떡 일으켜 세웠고 대한이 웃으며 말했다.

"선배님, 흡연하셨습니까?"

"아, 해야지. 해야지. 당장 나가자."

대한의 미소에서 희망이라도 본 걸까?

고종민은 서둘러 대한을 모시고 흡연장으로 이동했고 입에 담배를 물며 대답을 종용했다.

"뭔데, 왜 그러는데? 왜 사람 설레게 막 웃고 그러는데?"

"그전에 혹시 선배님은 인성 교육 건에 대해 어디까지 들으셨습니까?"

"단이랑 대대 통합으로 진행한다는 거. 단 인사장교님이 나더러 대대장님께 잘 좀 말해 달라시더라."

역시 차현수.

고종민한테 짬시킬 줄 알았다.

"그래서, 말씀하셨습니까?"

"아직 출근도 안 하셨는데 무슨…… 이따 말하러 가야지. 그래서 걱정이 태산이다. 근데 교육 업체에선 가능하대? 당장 내일이 교육이잖아."

"예, 안 그래도 어제 바로 전화해서 가능하다는 답변받았습니다."

사실 안 물어봐도 당연히 하겠다고 할 사람이었다.

송창현 단장 입장에선 교육 규모가 커질수록 좋았으니까.

'거기다 당부도 좀 해 놨고.'

대한이 말을 이었다.

"그래서 말입니다, 선배님. 혹시 이렇게 하는 건 어떠시겠습니까?"

"어떻게?"

대한은 전날 생각해 온 묘책을 고종민에게 이야기하기 시작했고 얼마 뒤 대한의 말을 들은 고종민의 얼굴이 대번에 환해졌다.

"그런 건이 있었단 말이야?"

"예, 그러니까 이렇게 말씀하시면 대대장님도 화 안 내시고 단장님 지시도 지키면서 체면도 세워 드릴 수 있을 거라고 생각합니다."

"확실히 그렇겠네. 이렇게 보고드리면 되겠지? 아니다, 너도 갈래?"

"아닙니다. 선배님만 가시는 게 좋을 것 같습니다."

"그래, 대대장님 출근하시자마자 보고드려야겠다."

"대대장님의 기분이 좋은 날이길 기도하겠습니다."

대한의 조언에 그제야 고종민의 얼굴에 핀 먹구름이 가셨다.

그로부터 얼마 뒤, 호랑이도 제 말 하면 온다고 두 사람이 막사로 복귀하자마자 위병소에서 전화가 왔다.

박희재가 입영했다는 전화였다.

─충성! 대대장님 입영하셨습니다.

"오케이, 고생해라."

─예! 고생하십쇼!

보고서까지 준비해서 할 보고는 아니었기에 육군 수첩만 가지고 대대장실 앞에서 기다렸고 박희재가 막사에 들어오자마자 고종민이 우렁찬 목소리로 경례를 올렸다.

"충성!"

"어, 인사야. 오늘 당직이었냐?"

"예, 그렇습니다!"

"밤새 부대 지키느라고 고생 많았다. 그래, 뭐 보고할 거 있어?"

"예, 인성 교육 건으로 보고드릴 게 하나 있습니다."

"인성 교육? 그거 당장 내일 하는 거잖아, 근데 무슨 보고?

아니다, 일단 들어와."

박희재의 미간이 좁혀진다.

산뜻하게 출근했는데 오자마자 이게 대체 무슨 일이람?

그리고 불길한 예감은 대체로 맞아떨어진다고 박희재는 이런 쪽으로 특히나 감이 좋았기에 더 불안해했다.

박희재가 의자에 앉자 고종민이 조심스럽게 입을 열었다.

"일단 인성 교육 진행 자체에 문제가 생긴 것은 아닙니다."

"그럼 뭔데?"

"그게…… 이번 인성 교육은 아무래도 단과 통합해서 진행해야 될 것 같습니다."

"뭐? 그게 무슨 말이야?"

박희재의 목소리가 살짝 높아졌다.

덩달아 고종민의 심장도 빠르게 뛰기 시작했지만 이내 침착하게 호흡을 가다듬은 후 설명을 잇기 시작했다.

"단장님이 직접 지시하신 사항이라고 합니다."

"이원영이…… 직접 말 못하겠으니까 실무자들한테 시켰다 이거지?"

박희재는 의자에 앉은 엉덩이를 들썩이며 당장에라도 이원영을 찾아갈 기세였다.

앞에 보고하는 사람이 고종민이 아니라 대한이나 이영훈이었다면 당장 같이 가서 대대장의 위엄을 보여 주었을 터.

고종민은 박희재의 분노가 더 쌓이기 전에 얼른 말을 이었다.

"대대장님, 그래서 말인데 김대한 소위가 좋은 방법들을 몇 가지 제안해 줬는데 한 번 들어 보시겠습니까?"

"대한이가?"

고종민의 입에서 대한의 이름이 나오자 진정제라도 맞은 것처럼 순식간에 사람이 얌전해졌다.

감탄하지 않을 수가 없었다.

김대한이라는 이름이 이렇게까지 즉효를 가지다니.

박희재가 눈빛을 빛내며 물었다.

"뭔데? 한번 들어나 보자."

"예, 일단 단장님의 지시 사항이기 때문에 대대 입장에서는 거절하기 힘들다고 판단됩니다. 그렇기 때문에 통합으로 교육을 진행하되 주최를 대대가 한 것처럼 보일 방법이 있답니다."

박희재는 고종민의 말을 듣고는 잠시 고민하더니 이내 고개를 끄덕였다.

"그래, 동기긴 해도 지킬 건 지켜야 하니까. 후, 아침부터 열이 확 오르네. 그나저나 주최를 대대가 한 것처럼 보이게 한다니? 그게 무슨 말이야?"

"단장님을 이번 인성 교육에서 완전히 배제하는 것입니다."

주둔지에서 진행하는 통합교육에서 단장을 배제한다?

꽤나 흥미로운 방법에 박희재가 금세 다시 미소를 띠우며 의자에 몸을 기대었다.

"계속해 봐."

"예, 일단 교육이 시작되면 분명 단장님이 병력들에게 생색을 내실 겁니다. 예를 들면 교육 태도 우수자들에게 휴가를 부여하든지 하실 텐데 그것은 그대로 하시게 두는 겁니다."

"그 친구 성격상 무조건 그러겠지. 그리고?"

"이것까지만 해도 단장님의 지시를 어기지도 않고 단장님의 체면도 살려 주었다고 생각이 됩니다."

"그렇지. 막판에 갑자기 숟가락 얹는 건데 자기가 휴가도 뿌리고 했으면 충분히 체면도 살리고 생색도 냈지."

고종민은 박희재와 같이 이원영의 뒷담화를 하는 것 같은 느낌에 살짝 위화감이 들었다.

하지만 박희재의 환한 미소를 보고 있자니 맞장구를 멈출 수가 없었다.

"제가 생각해도 충분한 것 같습니다. 그럼 이제 여기서부터가 중요한데 단 정훈장교에게 듣기로는 이번에 단장님께선 국방일보 인터뷰를 하지 않으신다고 하십니다."

"이원영이? 왜?"

"교육단체의 홍보가 주된 목적이니 만큼 강사들이 인터뷰할 시간을 많이 보장해 주라고 하셨다고 합니다."

그 말을 들은 박희재의 눈이 가늘게 좁혀졌다.

국방일보와의 인터뷰만큼 스포트라이트 받기 좋을 때도 없을 텐데 이놈이 왜?

물론 단장이 직접 국방일보와 인터뷰 하지 않아도 주둔지에서 교육이 진행되고 단장이 직접 휴가도 뿌리고 하니 누가 봐도 단장의 공처럼 보이긴 할 터.

이원영이 인터뷰를 안 하기로 한 건 최소한의 양심 때문이었다. 어쨌든 친구의 공을 가로챈 거나 마찬가지였으니까.

고종민이 바로 설명을 덧붙였다.

"그래서 저희는 강사들의 인터뷰를 공략해 볼 생각입니다."

"어떻게?"

"이번에 선정된 교육 업체는 김대한 소위가 찾은 업체니 김대한 소위를 통해 인터뷰 내용을 조절하는 겁니다. 단장님에 대한 언급은 하지 않고 대대장님 덕분에 이런 교육을 할 수 있었다는 식으로 말입니다."

그 말에 박희재가 자리에서 벌떡 일어나 박수를 치기 시작했다.

"좋다! 아주 좋아! 확실히 그렇게 하면 막판에 이원영이 그놈 물 먹이는 것까지 아주 완벽하겠어! 당장 진행시켜!"

"예, 알겠습니다! 아, 그리고 한 가지 더 있습니다."

"또?"

대한이 해 준 조언은 이게 끝이 아니었다.

고종민은 뒤이어 두 번째 조언까지 박희재에게 전달해 주었고 두 번째 조언이 끝났을 때 박희재는 미간을 찌푸릴 수밖에 없었다.

그것은 감탄의 찌푸림이었다.

"크…… 대한이 이놈, 거기까지 생각하고 있었단 말이야?"

"예, 그렇습니다."

"그놈은 역시 보통내기가 아니야. 좋다. 뒷마무리까지 아주 확실해. 이번 일 끝나면 따로 불러서 칭찬이라도 해야겠어."

"좋은 생각이십니다, 대대장님."

"너도 고생했어. 이거 아침부터 기분이 참 좋구만."

박희재의 얼굴에 웃음꽃이 만개한다.

✳

한편, 간부 연구실로 돌아온 대한은 체력 단련 건으로 찾아올 국방일보를 대비하여 이영훈에게 추가로 제출한 운동들을 다시 검토하기 시작했고.

얼마 뒤, 이영훈이 출근하자 함께 아침식사를 위해 병영 식당으로 이동했다.

"일찍 나왔네?"

"예, 할 일이 있어서 일찍 나왔습니다."

"뭐 했는데?"

"그게……."

대한은 어제, 오늘 있었던 일들에 대해 이영훈에게 이야기해 주었다.

그러자 이영훈의 얼굴에 화색 반 놀라움 반이 돌았다.

로또부터
장군까지

"국방일보에서 나온다고?"

"예, 그렇습니다."

"이야…… 인성 교육 건이 점점 더 커지네? 그나저나 확실히 그런 전략이면 대대장님도 좋아하시겠다. 잘했어."

"감사합니다."

"근데 인성 교육 건은 그렇다 쳐도 체력 단련은 왜?"

"전 군에 보급해도 될 만큼 훌륭하답니다. 그래서 아침 일찍 나와서 재검토하고 있었습니다."

"넌 진짜…… 대한아, 난 네가 참 좋다."

"저도 중대장님이 참 좋습니다."

주말 사이 많은 일이 있었지만 심지어 그걸 다 처리했다는 말을 들었으니 어찌 대한이 예뻐 보이지 않을 수가 있을까.

이영훈이 흐뭇한 눈빛으로 말을 이었다.

"근데 들어 보니까 한 일이 꽤 많은데 이렇게 일찍 복귀했어도 괜찮았냐? 집에 뭐 확인할 거 있다더니?"

"아, 그건 이미 확인했습니다."

"별로 중요한 거 아니었나봐? 일찍 복귀한 거 보면?"

"아닙니다. 어머니 건강검진 결과 듣고 왔습니다."

"결과는 좀 어떠셔? 저번에 보니까 어머니 건강하시더만."

"췌장에 작은 혹 하나 발견된 거 빼곤 모두 건강하셨습니다."

대한의 말을 들은 이영훈은 그대로 멈춰 섰다. 그리고 동공을 심하게 떨며 대한을 쳐다봤다.

"······췌장?"

"예, 췌장."

"수술 받으셔야 하는 거 아냐?"

"아직 크기가 작아서 수술은 아니랍니다. 병원 다니면서 경과를 좀 관찰해 봐야 한다고 하십니다."

"······미안하다."

"아닙니다. 중대장님이 뭐가 미안하십니까."

"그래도······ 밥 먹자."

"예."

이영훈은 마음이 불편한지 숟가락을 들다 말고 대한에게 물었다.

"계란이라도 구워 줄까?"

"하하, 아닙니다. 진짜 괜찮습니다."

"야, 내가 안 괜찮아서 그래. 어머니 걱정 안 되냐?"

당연히 걱정된다.

하지만 걱정한다고 해서 걱정이 사라지면 걱정하겠지만 그런 게 아니니 걱정하지 않기로 했다.

그편이 엄마도 바라는 것일 테니.

대한이 씩씩하게 대답했다.

"저희 어머니 괜찮으실 겁니다. 워낙에 강한 분이시라."

"그렇지, 괜찮으시지. 무조건 괜찮으실 거야."

이영훈은 호들갑 떨며 대답하고는 허겁지겁 밥을 목구멍으로 밀어 넣었다.

식사를 마친 두 사람은 막사로 돌아갔고, 이영훈은 중대장실에 들리자마자 박희재에게 향했다.

'대한이 어머니 췌장에 혹이 있다니…… 대대장님께 보고드려야 해.'

잠시 후.

이영훈이 대대장실에 들어갔다가 나왔고 그 시간 이후, 대한은 대대의 관심 간부가 되어 있었다.

✼

오후에 갑자기 대대장 박희재에게 전화가 왔다.

'대대장님이 왜 전화하신 거지?'

뜬금없는 전화에 대한은 당연히 고개를 모로 기울였다가 얼른 전화를 받았다.

"충성! 소위 김대한 대대장님 전화 받았습니다!"

─어, 그래. 대한아. 바쁘냐?

"아닙니다! 안 바쁩니다. 뭐 지시하실 것 있으십니까?"

─아니, 뭐 그런 건 아니고. 안 바쁘면 대대장실 와서 차나 한잔 하지.

"예. 알겠습니다! 지금 바로 내려가겠습니다. 충성!"

전화를 끊은 대한은 책상에 올려놓은 육군 수첩을 들고 간부 연구실을 나섰다.

이 양반은 갑자기 왜 부르는 걸까?

그때, 간부 연구실을 나서던 중 이영훈과 눈이 마주쳤다.

"중대장님, 저 대대장님 호출이 있어서 잠깐 뵙고 오겠습니다."

"어? 어. 그래. 천천히 다녀와."

어색하게 웃으며 대답하는 이영훈.

뭐지? 왜 저렇게 어색해 보이는 거지?

그때, 대한의 머릿속에 한 가지 가능성이 떠올랐다.

'저 양반이 설마?'

에이 설마…….

하지만 설마가 사람 잡고 불길한 예감은 족족 맞아떨어진다고 그 설마가 맞았다.

박희재가 대한을 부른 이유는 이영훈이 보고 올린 대한의 어머니 건 때문.

생각이 짧았다.

그냥 말하지 말 걸.

그냥 일상 대화라 물 흐르듯 이야기한 건데 이게 이렇게 전달될 줄이야.

대한은 후회했다.

'하…… 군대에선 낮말도 밤 말도 다 주변이 듣는데 내가 왜 그걸 까먹었을까.'

관심 간부라니!

군 생활 2회차에 또 관심 간부라니!

대한은 전생에서도 관심 간부였다.

가족 중에 크게 아픈 사람이 있으면 직장에선 좀처럼 감추기 힘든 법이었으니까.

물론 관심 간부라고 해서 마냥 나쁜 건 아니었다.

병사들과는 달리 장교나 부사관들이 관심 간부가 되는 건 대부분이 가정사 때문이었으니까. 그래서인지 관심 간부가 되면 다들 알게 모르게 알음알음 챙겨 주는 편.

대한도 그때 많은 위로와 도움을 받았다. 돌이켜 보면 어머니가 췌장암 확진을 받고 입원하셨을 때가 인생에서 가장 힘들고 외로웠던 시기였으니까.

그런 의미에서 대한은 이영훈의 입이 절대 가볍다고 생각하지 않았다.

이런 건 오히려 상급자에게 미리 보고를 해 놔야 언제든 마음대로 휴가를 쓰게 해 주었으니까.

그래서 어찌 보면 감사한 부분이기도 하지만 그래도 곧 만날 대대장과의 면담에 대해선 좀 민망한 것이 사실.

잠시 후, 대대장실에 도착한 대한이 박희재에게 경례를 올렸다.

"충성!"

"어, 그래. 앉아라. 뭐, 마실래? 콜라?"

"예, 좋습니다."

박희재가 냉장고에서 콜라를 꺼내 대한에게 다가왔다.

대한은 자연스럽게 콜라를 건네받은 뒤 박희재의 말을 기다렸고 박희재는 얼마간 대한을 쳐다보더니 천천히 입을 열었다.

"요즘 군 생활 할 만하니?"

"예, 즐겁게 군 생활하는 중입니다."

대한의 씩씩한 대답에 박희재가 미소를 지으며 말했다.

"그래, 대대장이 보기에도 대한이는 군 생활을 잘하고 있는 것 같다. 아니, 소위치곤 과하게 잘하는 편이지."

"감사합니다. 주변에서 많이 도와주셔서 잘할 수 있었던 것 같습니다."

"겸손 떨긴. 도와줘도 못 하는 애들 수두룩한데 겸손도 적당히 해야 예쁜 법이야."

"예, 좋게 봐주셔서 감사합니다."

"그래…… 요즘 특별히 힘든 일은 없고?"

드디어 본론이 나왔다.

그렇기에 대한은 고민될 수밖에 없었다.

'아직 암도 아니고 혹 수준에 불과하다. 의사도 경과를 지켜보자고 했고 뭣하면 수술로 제거할 수 있다니까, 괜히 언급해서 이미지를 만들 필요는 없겠지.'

어디든 마찬가지겠지만 직장 생활에서는 이미지가 참 중요하다.

로또부터
장군까지

첫인상과 마찬가지로 이미지는 선입견, 혹은 프레임이 되어 다른 의미로 그 사람의 자유를 구속하기도 하니까.

물론 박희재에게 말 못 할 것도 없긴 했지만 이미 대비를 하고 있는 상황이기에 굳이 박희재에게 약한 모습을 보이고 싶진 않았다.

'난 이제 약하지도 않고 약해질 일도 없으니까.'

대한이 씩씩한 목소리로 말했다.

"예, 전혀 없습니다."

대한의 대답에 박희재가 의외라는 듯 대한을 얼마간 쳐다보더니 다시 입을 열었다.

"작은 거라도 좋다. 중대장이 조치해 주기 곤란한 것이라면 대대장이 조치해 줄 테니까."

"아닙니다. 대대장님. 이제껏 신경 써 주신 것만 해도 매우 감사하게 생각하고 있습니다."

"그래?"

"예, 그렇습니다."

대한의 대답을 들은 박희재는 새삼 기특하다는 눈으로 대한을 쳐다봤다.

'많이 심란할 텐데도 참 씩씩하구만.'

박희재의 아버지도 병환으로 돌아가셨기에 부모님이 아프다는 게 어떤 건지 그 누구보다도 잘 알았다.

그렇기에 대한이 더더욱 기특하게 보였고 이번 일을 계기로 대한의 평가를 센스 좋은 어린 후배에서 정신적으로도 성숙한 후배로 수정키로 했다.

박희재가 조용히 미소를 띠며 고개를 끄덕였다.

저렇게까지 말하는데 더 언급하는 것도 실례.

하지만 마음은 가벼워졌다.

아끼는 후배가 힘들어하는 모습을 보고 싶지 않아 도와주려 했건만 저리 씩씩한 모습을 보이니 나중에 정말 도움이 필요할 때 도움을 주어도 늦지 않다고 생각해서였다.

그렇기에 다른 방식으로 배려해 주기로 했다.

어머니의 병색을 언급하지 않고도 대한을 도와줄 수 있는 방법은 얼마든지 있었으니까.

박희재가 말했다.

"집이 대구지?"

"예, 그렇습니다."

"집 갈 때 기차 타고 가나?"

"예, 그렇습니다."

"그래? 차는 언제 사려고?"

"중위 진급하면 사려고 했습니다."

돈이 없어서가 아니었다.

대한이 겪은 지휘관들 대부분이 소위가 차 사는 것을 별로 좋아하지 않았다. 이유야 많았지만 대표적으로 차가 생기면 마음이 붕 떠 사고 칠 수도 있다는 염려 때문이었다.

'차 샀는데 한 번 밟아 봐야지, 저기 놀러 가야지 하다가 사고 나는 경우가 수두룩하니까.'

특히 음주운전.

대한은 음주운전으로 옷 벗은 선후배들을 참 많이도 봤다.

박희재가 고개를 주억이더니 말했다.

"평일에 집에서 출퇴근해도 괜찮으니 차 한 대 사라. 소위 월급이면 차 살 정도는 되잖아? 의식주는 군에서 해결해 주니 문제없고."

그 말에 대한은 반사적으로 괜찮다고 하려다가 순간 입을 닫았다.

'……괜찮은데?'

그동안 그렇게 하고 싶었지만 일부러 그렇게 하지 않았다.

눈치 때문이었다.

그런데 대대장이 허락했는데 누가 감히 눈치를 줄까?

심지어 대대장은 이미 자신에게 호감도가 최고조인 상태.

대한이 잠시 고민하는 기색을 보이자 박희재는 그런 모습조차 측은하게 바라봤다.

'평소라면 바로 거절했을 놈이, 확실히 어머니 때문에 고민하는군.'

이럴 때 밀어주는 것이 바로 상급자의 도리.

박희재가 뒷말을 붙였다.

"괜찮아, 내가 허락하는 거니까 차 한 대 구해서 평일에 출퇴근 하도록 해."

그리고 대한은 그 기회를 놓치지 않기로 했다.

"그래도 제가 이제 겨우 소위인데 어떻게 감히……."

"어허! 대대장인 내가 허락한 건데 누가 감히 뭐라고 해?"

그치, 대대장이 허락한 건데 누가 감히 뭐라고 하겠어.

그 말에 대한이 속으로 웃으며 대답했다.

"……감사합니다, 대대장님. 그럼 기쁜 마음으로 조용히 알아보도록 하겠습니다."

대한의 대답에 박희재가 그제야 흡족한 표정으로 고개를 주억였다.

"그래, 기왕 사는 거 튼튼한 차로 한번 알아봐. 연비 좋고 내부도 넓고, 가족들 여행 가기도 좋은 그런 차 있잖아."

가족이라 이야기했지만 대한의 귀에는 엄마로 들렸다.

그렇기에 이젠 어림짐작이 아니라 확신할 수 있었다. 이번에 자신을 부른 건 다름이 아니라 바로 엄마 때문이라는 걸.

그렇기에 더더욱 박희재와 이영훈에게 고마움을 느꼈다.

대한이 고개를 숙였다.

"예, 대대장님. 감사합니다."

"혹시라도 차 잘 모르겠으면 수송부 간부들한테 물어봐. 괜히 인터넷이다 주변 사람이다 해서 눈탱이 맞지 말고. 필요하면 근무 중에 배차 내서 다녀오게 해 줄 테니까."

근무 중에?

역시 대대장. 통이 참 크다.

"예, 대대장님, 신경 써 주셔서 감사합니다."

"부하들 생각하는 게 대대장 일인데 당연히 해 줘야지. 그런 의미에서 대한이 넌 이제껏 해 왔던 것처럼 열심히 군 생활 해 주면 된다."

"예, 실망시키는 일 없게끔 더 잘하겠습니다."

훈훈해진 분위기.

이제 나가면 되나?

그러나 박희재의 안건은 아직 하나 더 남아 있었다.

"그리고 말이야, 오늘 아침에 인사과장한테 들었는데…… 아이디어 참 좋아."

인사과장?

아.

그래, 그게 있었지.

다행히 대한의 묘책이 박희재의 마음에 쏙 든 모양.

"감사합니다, 대대장님."

"항상 이렇게 혁신적인 아이디어만 가지고 오는데 내가 어떻게 너를 안 예뻐할 수가 있겠냐. 그래, 그럼 나중에 또 보자고."

"예, 감사합니다. 충성!"

대한은 큰 숙제를 마친 사람처럼 기분 좋게 웃으며 경례하고 대대장실을 나섰다.

'안 그래도 슬슬 택시가 불편하게 느껴졌는데 뭘로 산다?'

소위로 임관한 지 얼마나 됐다고 자가용이라니.

당연히 웃음이 날 수밖에 없었다.

심지어 누구한테 차를 살지도 이미 정해져 있었기에 이젠 정말 차종만 고르면 됐다.

'그나저나 수송부랑은 또 어떻게 친해진다.'

근무 시간에 배차까지 내서 보내 준다는데 알뜰히 써먹을 생각이었다.

하지만 아무리 그래도 대대장 명령이라고 같이 가자고 하는 것보단 미리미리 친분을 쌓아 두고 함께 움직이는 게 좋을 터.

대한은 이런저런 행복한 상상을 하며 발걸음을 옮겼다.

＊

간부 연구실로 돌아온 대한은 정리하던 추가 운동들을 종합하여 정작과로 향했다.

"충성! 소위 김대한, 정작과 용무…….”

"어, 이리 와."

대한이 다가오자 여진수가 모니터에서 시선을 옮겨 대한을 본다. 확실히 이전과는 대한을 대하는 태도가 달라졌음을 알 수 있었다.

여진수가 물었다.

"무슨 일로 왔냐?"

"체력 단련 발전 제안에 대해 중간보고 드리러 왔습니다."

"응, 해 봐."

"일단 좋은 소식과 나쁜 소식이 하나씩 있습니다."

"나쁜 소식부터 말해 봐."

"밖에 비가 온다는 것입니다."

"흠, 확실히 나쁜 소식이지 그건. 좋은 체력 단련법을 만들어도 날씨가 안 도와주는 거니까…… 그리고 다음, 좋은 건?"

"비가 온다는 것입니다."

"……그게 뭔 소리야?"

그 물음에 대한은 이번에 추가된 체력 단련법도 국방일보에서 취재하러 나온다는 사실을 밝혔고 여진수는 그제야 대한의 말을 이해할 수가 있었다.

"아, 시벌……."

그렇기에 욕이 나왔다.

나쁜 소식은 비가 와서 연습을 못 하니 나쁜 소식이고 좋은 소식이라면 비 때문에 당장 이번 주는 취재하러 오지 않기에 좋은 소식이었다.

하지만 날씨가 좋아지면 바로 취재하러 올 터.

비상이라면 비상이었다.

여진수가 밀려오는 두통에 관자놀이를 어루만지며 말했다.

"취재 나오는 건 이미 확정된 거지?"

"예, 그렇습니다. 날씨 상황 보고 취재 온다고 했습니다."

"하…… 그래, 이왕 이렇게 된 거 대대장님 욕 안 먹게 최선을 다해 준비해야겠네. 그래 중간보고로 올릴 건 이것뿐이야? 운동 준비는 잘돼 가고 있는 거지? 대충 틀 잡히면 바로 내려와라. 합 맞춰 보게."

"바로 설명드립니까? 아직 문서는 안 만들었는데 바로 설명 가능합니다."

그 말에 여진수의 눈이 동그랗게 변했다.

"벌써 끝났다고?"

"예, 그렇습니다."

"너, 인마. 의욕이 앞서서 대충한 건 아니지? 이제 어설프면 큰일 난다, 너."

"예, 알고 있습니다. 그래서 꼼꼼하게 준비했습니다."

"그래? 그럼 어디 한번 들어 보자. 해 봐."

자신감 넘치는 대한의 목소리에 여진수의 얼굴에도 자연스레 미소가 띠었다.

Chapter 3

대한의 설명이 시작됐다.

"……일단 순서로는 전력질주, 베어워크(엎드려 기어가기), 지그 재그 달리기, 환자 끌기, 탄약통 들기, 탄약통 들고 달리기 순서대로 진행할 것입니다."

대한의 설명에 여진수가 순서대로 운동법들을 머릿속으로 떠올린다.

대한의 말이 계속됐다.

"실제 전장에서 쓰이는 자세들을 숙달하기 위함이고 이로써 진정한 실전 근육들을 만들어 낼 것입니다. 그리고 마지막 운동으로 왕복 달리기를 실시해 병력들의 심폐지구력까지 확실히 키울 수 있습니다."

대한의 말을 모두 들은 여진수가 천천히 고개를 끄덕였다.

　"구성이 아주 좋다. 일만 잘해도 되는 곳에서 센스까지 이렇게 넘치다니…… 역시 넌 군인으로 대성할 놈이야. 내가 인정할 만해."

　"아닙니다. 아직 멀었습니다."

　"새끼, 자신 있게 말하고 겸손한 척하면 멋있는 줄 아냐? 잘났으면 못난 놈들이 안 꼬이도록 잘난 척도 좀 해 줘야 인생이 편한 거야."

　"잘난 척하면 더 꼬이는 것 아닙니까?"

　"아니던데? 말도 안 걸던데?"

　"아……."

　무려 여진수의 경험담이었다.

　하지만 여진수는 잘났어도 사람들이 말을 안 걸긴 했을 것 같다. 그도 그럴 게 그의 외모는 선뜻 먼저 말 붙이기엔 아무래도 힘든 아우라가 있었으니까.

　여진수가 피식 웃으며 이어서 질문했다.

　"왕복달리기 제외하고는 쉬지 않고 진행할 거지?"

　"역시 정작과장님은 한 번에 이해하실 줄 알았습니다."

　"소위가 하는 말도 못 알아들으면 군복 벗어야지. 처음 듣자마자 전쟁터가 떠오르더라."

　여진수의 말처럼 실제 전장에서 쓰일 움직임들로 구성된 운동이었다.

개활지에서 전력으로 달려 적에게 접근하고, 산지나 평지에서 몸을 보호하기 위해 최대한 자세를 낮춘 상태로도 빠르게 이동할 수 있는 베어워크.

다양한 장애물을 피해 달리기 위한 지그재그 달리기.

그리고 부상자를 위한 끌기와 비교적 운동 빈도가 낮은 어깨를 탄약통으로 운동하고 마지막 순서로 탄약통을 이용한 중량 달리기를 하는 것.

오래달리기만 해서는 실전에서 살아남을 수 없었다.

일정 속도, 일정 자세로 뛰는 목표물은 아주 맞추기 쉬운 표적일 뿐이었으니까.

대한은 여진수가 알아들은 것 같아 추가적인 설명은 하지 않았고 여진수 또한 만족하는 표정으로 말했다.

"이 정도면 바로 취재가 와도 상관없겠다."

"다행입니다."

"다행이지. 마침 브리핑할 놈도 있고."

"잘못 들었습니다?"

"나한테 말한 그대로 네가 국방일보에 설명해."

"제, 제가 말씀이십니까?"

"야, 그럼 내가 하리? 내가 만든 것도 아닌데?"

툴툴거리는 말투.

얼핏 보면 짬시키는 것 같지만 전혀 아니었다.

여진수는 이번 기회에 대한이 주목받길 원했으니까.

상급자라고 공을 가로채지 않고 진짜로 일한 사람이 공을 가져갈 수 있게 해 주는 이상적인 상급자.

　그는 좋은 사람이었다.

　대한이 옅게 웃으며 말했다.

　"감사합니다, 인터뷰도 바로 준비하겠습니다."

　"감사는 무슨, 내가 귀찮아서 너한테 짬시키는 건데…… 암튼 운동 하나하나 설명 잘해 줘. 그래야 다른 부대 사람들도 잘 보고 따라하지."

　"예! 준비 잘하겠습니다!"

　"그런데 이거 이름은 정했냐?"

　"예, 보고서에 작성해 놓은 이름이 있습니다."

　"뭔데?"

　"컴뱃머슬 트레이닝(Combat muscle training)입니다."

　컴뱃머슬 트레이닝.

　여진수가 작게 박수를 치며 흡족함에 고개를 끄덕였다.

　"군에서 아주 좋아할 만한 이름이다."

　그리고 그게 시작이었다. 대한이 계획한 전투근육을 키우는 운동들이 전군을 뜨겁게 달구기 시작한 것은.

✳

　여진수에게 보고를 마친 대한은 그때부터 일과가 끝날 때까지 컴뱃머슬 트레이닝 준비에 매진했다.

일단 비가 그치는 날부터 전 대대원이 제대로 연습할 수 있도록 통제 계획을 수립해서 검토받았고.

마지막으로 박희재에게 보고하며 완벽하다는 칭찬을 받는 것으로 하루를 마무리했다.

그리고 다음 날, 대한은 일과 시작 전부터 위병소에 나와 송창현을 기다렸다.

송창현이 생각보다 일찍 온다는 연락을 받아서였다.

'단장님 의지가 너무 넘치시네.'

지금 부대에 도착해도 교육이 시작될 10시까지 무려 1시간 30분이나 남는다.

서울에서 오는 걸 알고 있었기 때문에 일부러 늦게 시작하는 것으로 시간을 조정했는데…….

'8시 반에 도착하는 거면 도대체 몇 시에 출발한 거야?'

최소 5시쯤에는 출발했을 것이다.

그의 열정에 고개를 내저은 그때, 위병소 앞에 웬 승합차 한 대가 등장했고 그와 동시에 위병 근무자들이 대한을 쳐다봤다.

"차단봉 올려 줘."

"예, 알겠습니다!"

차단봉이 올라가자 차가 조심스럽게 대한의 앞으로 와서 멈춰 섰고 운전석에서 익숙한 얼굴 하나가 내렸다.

송창현이었다.

그런데 송창현의 얼굴을 본 대한은 조금 놀랄 수밖에 없었다.

'얼굴이 왜 이래?'

과거에 송창현을 알았을 때보다 지금이 더 늙어 보였다.

지금이 분명 더 옛날인데도 말이다.

이유는 간단했다.

이때가 송창현이 가장 고생할 때였으니까.

차에서 내린 그가 얼른 허리를 숙이며 대한에게 악수를 청했다.

"얼마나 뵙고 싶었는지 모릅니다. 반갑습니다. 송창현이라고 합니다."

"오시느라 고생 많으셨습니다. 처음에 전화드렸던 김대한 소위라고 합니다. 그나저나 천천히 오시라고 일부러 시작 시간도 늦추고 대대장님 인사도 점심 때 하기로 했는데 좀 여유 있게 편히 오시지 그러셨습니까."

"하하, 배려해 주셔서 감사합니다. 그래도 일과가 있는데 멀다고 늦게 진행할 수는 없지 않겠습니까?"

"그러다 사고 나십니다. 운전 조심하십쇼."

대한의 걱정에 송창현이 고개를 끄덕이며 웃으며 마음을 받았고 대한의 안내가 이어졌다.

"출입증을 받으셔야 하니까 탑승 인원 모두 신분증 챙기셔서 위병소로 이동해 주시면 됩니다."

"아, 출입증."

대한의 말에 송창현은 얼른 승합차의 뒷문을 열고 강사들에게 대한의 말을 전달했고 잠시 후 승합차에서 강사들이 우르르 내렸다.

그런데…….

'어라?'

대한이 강사들을 흘깃 훑어본 뒤 송창현에게 물었다.

"강사님들이…… 좀 많으시네요?"

"보조 강사님들입니다. 직접 강의는 하지 않고 교육할 때 필요한 것들을 병사들한테 나눠 주실 겁니다."

"……그렇습니까?"

대한이 잠깐 놀란 이유.

그 이유는 다름 아닌 보조 강사들이 하나같이 젊고 예쁜 여강사님들로만 이루어져 있었기 때문이다.

'뭔가 이상한데…….'

대한이 기억하기로 송창현은 원래 이렇게 많은 보조 강사를 사용하지 않았다.

그런데 오늘은 왜?

'설마?'

그렇군.

어떻게 군에 입지를 다졌나 했더니만 이런 식으로 미인계를 썼을 줄이야.

덕분에 대한은 오늘 하루가 얼마나 피곤해질지 대번에 예측이 됐다.

그 증거로 위병 근무자들은 보조 강사들이 내리자마자 부대 밖을 경계하기는커녕 강사들 쳐다보기 바빴으니까.

대한이 한숨을 내쉬며 근무자들에게 다가가 물었다.

"너희들 몇 시에 복귀하나? 10시 전에 복귀하나?"

"아, 예! 곧 복귀합니다!"

"들어가서 말할 거지?"

"……예?"

"예에?"

"아, 아니! 잘못 들었습니다!"

"됐고, 교육 시작 전까진 좀 조용히 통제하고 싶으니까 복귀들 하면 조용히 하고 있어라. 내 말 무슨 말인지 알지?"

"예, 알겠습니다!"

말을 더듬는 걸 보니 정신은 이미 다른 곳에 팔려 있는 것 같다.

대한은 두 근무자에게 신신당부하고는 송창현의 차를 타고 강당으로 이동했다.

송창현은 강당에 도착하자마자 서둘러 교육 준비를 시작했고, 대한도 옆에서 돕다가 조심스레 물었다.

"단장님?"

"예, 말씀하세요."

"처음에 보조 강사분들도 나와 계십니까?"

"예, 같이 인사시키려고 했는데 왜 그러십니까?"

"그게…… 저희 쪽 통제가 힘들 것 같아서 그러는데 혹시 괜찮으시다면 보조 강사님들은 차에서 대기하다가 단장님 소개 끝나고 불러 주시면 안 되겠습니까?"

"음…… 그것도 좋은 방법이겠네요. 알겠습니다."

"협조 감사합니다. 혹시 더 필요하신 거 있으십니까?"

"아뇨, 없는 것 같습니다."

"그럼 전 이만 통제하러 내려가 보겠습니다. 필요하신 거 있으시면 저나 인사과장님한테 연락하시면 됩니다."

"예, 알겠습니다. 그럼 좀 이따 뵙겠습니다."

대한은 송창현에게 당부한 뒤 대대 막사로 복귀해 고종민에게 현 상황을 전달했고 고종민은 서둘러 통제해 줄 간부들을 섭외해 강당에 배치해 두었다.

"일단 제가 빨리 출발해서 병력들 오는 족족 경고해 놓겠습니다."

"어, 그럼 부탁 좀 할게. 난 대대장님께서 교육 시작하는 거 보신다고 하셔서 이따 시간 맞춰서 모시고 이동할게."

"예, 알겠습니다."

서둘러 중대에 올라간 대한은 전 중대원들을 이끌고 강당으로 이동하며 전파했다.

"인성 교육 시작하고 자리에서 일어나는 놈들은 다 죽을 줄 알아라. 알겠냐?"

"예! 알겠습니다!"

대한의 경고에 병력들이 큰 목소리로 대답한다.

하지만 전부 실실 웃고 떠드는 게 아무래도 이미 소문이 쫙 퍼진 모양.

그럼 그렇지. 군대에서 뭘 숨길 수 있을까?

그때, 옥지성이 대한에게 주먹을 꽉 쥐어 보이며 말했다.

"소대장님, 걱정 마십쇼. 제가 병장 제외하곤 꽉 잡고 있지 않습니까."

"네가 제일 못 믿겠어, 자식아."

"하, 어찌 그리 서운한 말씀을 하십니까? 저 소대장님 오른팔인데 오른팔을 못 믿으면 누굴 믿습니까."

"……그럼 오늘 한 번만 믿어 볼게. 통제 확실하게 부탁한다."

"걱정하지 마십쇼!"

불신은 있었지만 그래도 옥지성을 믿어 보기로 했다.

하지만 대한이 깜빡한 것이 있었으니 그것은 바로 발등은 믿는 도끼에 찍힌다는 것이었다.

✳

대한이 중대병력들을 이끌고 인솔을 간 사이, 이영훈은 박희재를 기다리고 있었다.

박희재는 시간에 맞춰 대대장실에서 나와 이영훈이 건넨 우산을 받아 들고 강당으로 향했다.

"대한이 씩씩하더라."

"다행입니다. 아침 먹다 들은 저도 체할 뻔했는데 정작 당사자는 너무 무덤덤하게 이야기하길래 솔직히 좀 놀랐습니다."

"씩씩한 녀석이야. 그런 게 군인 정신이지. 그래서 내가 자가용 사서 출퇴근 허락했으니 그렇게 알고 있어."

"신경 써 주셔서 감사합니다."

"네 중대이기 전에 우리 대대 소속이잖나. 이 정도는 당연히 대대장이 해 줘야지. 너도 너무 신경 쓰지 말고 예전처럼 편하게 대해 줘. 애가 부담스러워할 수도 있으니까."

"예, 알겠습니다."

"근데 넌 부모님 두 분 다 건강하시냐?"

"예, 두 분 다 무척 건강하십니다."

"그것 참 다행이네."

잠시 후, 두 사람 모두 강당에 도착했고 단상에 올라 병력들을 통제하고 있는 대한을 볼 수 있었다.

"의자 오와 열 흘트리지 말고 똑바로 앉아! 화장실 마음대로 가지 말고 앉기 전에 갔다 와서 가만히 있어!"

그런데 오늘따라 묘하게 더 힘이 들어간 것 같다.

그 모습을 본 이영훈이 고개를 갸웃거리며 박희재에게 말했다.

"오늘따라 유난히 더 열심히인 것 같습니다."

"어머니 생각을 지우려고 더 열심히 하는 게 아닐까 싶네. 참 기특한 녀석이야."

"……그런 것 같기도 합니다."

그렇게 오해 아닌 오해가 쌓이는 대한이었다.

✳

대한은 조용해진 병력들을 확인하고 단상에서 내려와 박희재와 이영훈에게 다가가 경례를 올렸다.

"충성. 단 인원까지 인성 교육 집합 완료했습니다."

"그래. 고생 많았다. 단장님은 아직 도착 안 하셨나 보네?"

"예. 단 인사장교가 출발할 때 연락 준다고 했고, 아직 연락 못 받았습니다."

"뭐, 맨날 지가 주인공인 줄 알아. 좀 일찍일찍 와 있지……."

그때, 입구에서 한 무리가 들어오는 것이 보였다.

"대대장님, 단장님 오셨습니다."

"응? 연락 준다며?"

"……아무래도 인사장교가 깜빡한 것 같습니다."

"에이, 애들 모여 있는 김에 전달 좀 하나 하려 했더니만."

"그럼 좀 있다 교육 마치는 시간에 모아 놓습니까?"

"아니야, 나중에 하지 뭐."

박희재는 대한의 어깨를 토닥인 후 이원영에게 다가갔다.

"충성."

"충성, 대대장 일찍 와 있었네."

"우리 애들이 섭외한 외부 업체가 서울에서 온다고 인사도 못 했는데 일찍 와서 얼굴이라도 비춰야 되지 않겠습니까?"

박희재가 '우리 애들'이라는 말을 강조하였으나 이원영이 못 들은 척 제 할 말을 이었다.

"으흠, 병력들한테 교육 전에 간단하게 주의 사항 전달하고 오겠네."

"예, 다녀오십쇼."

그 뻔뻔스러운 반응에 박희재가 '저 새끼가?'라는 표정을 지었으나 이원영은 여전히 포커페이스를 유지하며 단상에 올라가 마이크를 잡았다.

"아아, 주목."

"주목!"

"오늘 처음으로 외부에서 강사분들이 와서 여러분들에게 인성 교육을 하게 되었다. 여러분들에게 양질의 교육을 제공하기 위해 간부들이 애써 노력하여 섭외한 곳이니 교육 때 졸지 말고 집중해서 들어주길 바란다."

"예! 알겠습니다!"

"물론 그냥 집중하라고 하면 제대로 안 할 게 뻔하니……."

이원영이 품속에서 봉투 하나를 꺼내 팔랑이며 말했다.

"첫 외부교육 기념으로 교육 태도 우수자들에겐 단장이 직접 휴가증을 나눠 주겠다. 그러니 다들 집중할 수 있도록, 이상."

"와아!"

우레와 같은 함성.

당연했다.

고작해야 인성 교육인데 교육을 듣는 것만으로도 3박 4일의 휴가증을 준다는데 누가 열광하지 않을까.

덕분에 애써 다운시켜 놓았던 분위기가 다시 한번 끓어올랐다.

박희재가 그 모습을 보고 대한에게 말했다.

"또또 저렇게 주목받네. 후…… 대한아."

"예, 대대장님."

"좀 있다 네가 올라가서 대대장도 뿌린다고 해라."

"……예, 알겠습니다."

저게 영관급들의 싸움인가…….

서류로 싸우는 영관급들의 싸움을 보고 있자니 묘하게 가슴이 웅장해졌다.

그나저나 이런 식으로 분위기 띄울 거면 왜 병력들을 통제한 걸까?

대한은 달아오른 분위기를 보고 더 이상의 릴렉스는 포기하기로 했고 그사이, 이원영은 단상에서 내려와 송창현과 악수를 한 다음, 박희재에게 다가와 말했다.

"여기 계속 있을 건가?"

"슬 가 봐야 하지 않겠습니까?"

"난 또…… 인성이 부족해서 교육까지 같이 들으려는 줄 알았지."

"하하, 뭐 눈에는 뭐만 보인다고 진짜 인성이 부족한 건 단장님 아니시겠습니까? 같이 들으십니까?"

"아니, 괜찮네. 난 충분히 수양이 되어 있는 상태라…… 그러지 말고 비도 오는데 차나 한잔하러 가지."

"뭐 어울리지 않게 차를 드시고 그러십니까. 대대장실에 음료수 많으니까 음료수나 드시러 가십쇼."

"그러지."

격조 높은 영관급들의 싸움.

두 사람은 티격태격 하며 강당을 벗어났고 두 사람이 벗어남과 동시에 근처에 있던 간부들은 그제야 한숨을 내쉬며 숨통을 돌렸다.

이영훈이 대한에게 말했다.

"두 분이 만날 때마다 내 수명이 주는 것 같다."

"저도 그런 것 같습니다. 그래서 최대한 안 만나게 하고 싶은데 이런 상황에는 어쩔 수 없는 것 같습니다."

"그래도 뭐 어쩌겠냐. 같은 주둔지에 계시는데. ……그나저나 너 오늘 왜 이렇게 열심히냐?"

"아, 그게 이유가 있었습니다."

"이유…… 알지. 알고말고. 그럼 당연히 알지……."

갑자기 측은한 표정으로 대한의 어깨를 토닥이는 이영훈.

대한이 미간을 살짝 좁히며 고개를 기울였다.

"무슨 이유인지 아십니까?"

"당연히 알지. 중대장이 소대장 마음을 몰라서야 쓰나."

"혹시나 싶어서 말씀드리는 건데 어머니 때문은 아닙니다."

"응? 아니라고?"

"예, 그리고 어머니 괜찮으시니까 더 신경 안 써 주셔도 됩니다. 진짜 괜찮습니다."

대한의 말에 이영훈이 민망한 듯 기침하며 물었다.

"크흠, 그렇다면 다행이고…… 그럼 뭔데?"

"이따가 보시면 저절로 아시게 될 겁니다. 그땐 중대장님도 도와주셔야 합니다."

"뭔진 모르겠지만 일단 알겠다."

대한과 이영훈은 강당 뒤에 마련해 놓은 간부들 자리에 가서 앉았고 잠시 뒤, 고종민이 단상에 올라와 송창현을 소개하기 시작했다.

"자, 오늘 인성 교육을 맡아주실 강사님 소개가 있겠습니다. 대한인성 교육협회의 송창현 단장님이십니다. 힘찬 박수와 함께 맞이하겠습니다."

쏟아지는 박수와 함께 짐짓 긴장한 모습의 송창현이 병력들

앞에 등장했고 이윽고 고개를 숙여 정중하게 인사했다.

이윽고 송창현이 마이크를 잡고 본인 소개를 다시하기 시작했다.

"안녕하십니까, 장병 여러분. 오늘 교육을 맡게 된 송창현이라고 합니다. 일단 교육을 시작하기에 앞서 간단하게 교육 일정에 대해 소개를 드리고 진행하겠습니다. 그럼 우선 앞을 주목해 주시기 바랍니다."

이어서 빔 프로젝터의 화면이 넘어갔고 3일간의 일정들이 보이기 시작했다.

모든 게 다 대한의 기억과 흡사했다.

'송창현 단장의 교육은 조를 짜서 병력들끼리 진행하는 게 많았지.'

흔하게 볼 수 있는 말 위주의 지루한 강의가 아니었다.

송창현의 교육은 병력들끼리 토의나 협업을 통한 발표 과제도 꽤 있을 만큼 제법 활동적인 강의였다.

그래서 보조 강사가 필요한 것이었고. 하지만.

"……이렇게 말씀드려도 해 본 적들이 없으실 테니 별로 와 닿지 않으실 겁니다. 빠른 진행을 위해 설명은 이쯤에서 마치도록 하고…… 오늘 교육을 위해 여러분들을 도와주러 오신 다른 강사분들이 더 계십니다. 그럼 지금부터 그분들을 소개하고 바로 교육을 시작하도록 하겠습니다. 힘찬 박수 부탁드리겠습니다."

송창현의 신호를 본 고종민이 강당 옆의 문을 열었고 이윽고 보조 강사님들이 입장하기 시작했다.

"어, 어?"

"어?"

"어어!"

앞줄에서부터 동요하기 시작하는 병력들.

그건 시작일 뿐이었다.

이내 소식을 접한 뒷자리 병력들 모두 하나둘씩 의자에서 엉덩이를 떼기 시작했고 그것을 본 이영훈이 당황하기 시작했다.

"뭐야? 뭔데? 뭔데 다들 이래?"

"말씀드렸지 않습니까, 제가 어머니 때문에 그런 거 아니라고 말입니다. ⋯⋯중대장님?"

대한이 말을 잇던 중이었다.

어느새 이영훈도 병력들과 마찬가지로 자리에서 일어나 강사들을 구경하기 시작했다.

'저런⋯⋯.'

그 모습을 본 대한은 조용히 눈을 감고 고개를 내저었다.

아무리 소개팅에서 까여도 그렇지 간부가 저렇게 채신머리없어선⋯⋯.

잠시 후, 단상으로 올라온 보조 강사들이 병력들을 향해 인사했다.

"안녕하세요."

그와 동시에.

"와아!"

"누나, 예뻐요!"

"여기 한 번 봐주세요!"

이원영이 포상휴가 뿌린다고 했을 때와는 비교도 안 될 정도로 뜨거운 열기가 강당 속에 휘몰아치기 시작했다.

"누나!"

"누나, 예뻐요!"

목청이 터져라 누나를 부르짖는 병사들. 흡사 위문 열차라도 온 듯 했다.

이해는 됐다.

그도 그럴 게 송창현이 데리고 온 보조 강사들의 외모는 객관적으로 봐도 무척이나 아름다웠으니까.

'대학생이나 취준생분들 스펙 쌓으러 오셨나?'

그도 그럴 게 나잇대도 좀 앳되어 보였으니까.

대단한 파괴력이었다.

입고 오신 옷들도 스키니한 청바지에 단체 티처럼 맞춘 흰 티 등 모두 수수하기 그지없는 것들이었으나 옷이 사람을 입는다고 다들 태가 좋아서 그런지 그것마저도 모델을 연상케 했다.

그러니 병력들의 반응이 뜨거운 건 어쩔 수가 없는 노릇.

그렇기에 처음엔 대한도 보조 강사님들의 미모에 조금 놀라긴 했다.

하지만 그뿐이었다.

전생에 연애 한 번 안 해서 그런 걸까?

대한은 기본적으로 여자에게 좀 무뎠으니까.

'사고나 안 났으면 좋겠다.'

그렇기에 대한은 병력 통제가 더 걱정이었다. 그도 그럴 게 병사뿐만이 아니라 간부들도 열광했으니까.

"누나! 여기 좀 봐주세요!"

"……뭐 하십니까. 중대장님."

"잠깐만 앞에 갔다 올게."

"예? 중대장님?"

이영훈은 순식간에 대한의 병력들 사이로 파고들었고 그 과정에서 칼 같이 맞춰 놓은 의자들의 오와 열이 무너지는 걸 보고 대한은 한숨을 내쉬었다.

소개팅 까였다더니 외롭긴 정말 외로운 모양.

그때였다, 대한이 송창현과 눈이 마주친 건.

그는 대한을 보고 씨익 웃어 보였다.

마치 자신의 실력을 뽐내듯이 말이다.

대한은 그 모습에 고개를 저으며 목을 치는 시늉을 해 보였고 대한의 사인을 본 송창현이 마이크를 잡고 말했다.

"이렇게 열띤 성원을 보내 주시니 참 뿌듯합니다. 하지만 장병 여러분, 이제 그만 자리로 돌아가 주세요. 교육이 진행되면 강사분들이 알아서 여러분들 주위를 돌아다닐 겁니다."

그 말에 병력들은 더욱 광분하기 시작했다.

"미쳤다."

"진짜 예쁘다. 남자 친구 있어요?"

"야야, 짬찌 새끼야. 내가 물어볼 거야! 순서 지켜!"

"저는 사랑이 먼저입니다!"

얼씨구?

누가 저렇게 나대나 했더니 옥지성이었다.

'저 새끼, 저저…… 그게 통제냐?'

이래서 검은머리 짐승은 거두는 거 아니랬는데…….

대한은 옛말 틀린 것 하나 없다고 느꼈고 그로부터 10분 뒤, 대한이 직접 보조 강사들을 승합차로 피신시킨 뒤에야 상황을 얼추 정리할 수 있었다.

그때, 송창현이 대한에게 따라와 은근한 표정으로 말했다.

"후후, 어떻습니까? 제가 자신 있다고 말씀드렸죠?"

"이런 의미로 자신 있다고 하신 줄은 몰랐습니다만…… 진작 좀 말씀해 주시지, 이제 어떻게 하실 겁니까, 교육하실 순 있으시겠습니까? 병사들 열기가 장난이 아닌데."

"아아, 그건 걱정하지 않으셔도 됩니다. 이분들은 곧 가실 거거든요."

"가시다뇨? 강사분들이 아닙니까?"

"예, 진짜 강사는 2명 더 있고 제가 보조 강사라고 했던 분들은 오프닝을 위해 일부러 에이전시에서 섭외해 온 분들입니다. 이렇게 오프닝 때 한껏 달구고 마지막 날에 또 등장한다고 하면 장병들이 알아서 열심히 들어 주지 않겠습니까?"

아.

에이전시…….

어쩐지…….

대한이 어이가 없다는 듯 피식 웃으며 말했다.

"생각보다 더 치밀한 분이셨군요."

"이 정도는 해야 군대 돈 받아먹을 수 있지 않겠습니까?"

맞는 말이긴 하지만…….

그래, 이 양반은 원래 이런 양반이었지.

대한이 송창현의 말에 씩 웃으며 말했다.

"아주 북한 가면 통일도 시킬 수 있으시겠습니다."

"전 국민의 소망 아니겠습니까? 단가만 맞다면야 제가 한번 추진해 보겠습니다. 북으로 보내 주십시오!"

실미도 흉내를 내며 너스레를 떠는 송창현.

어쨌든 그의 전략 덕분에 병력들의 집중도는 하늘을 찔렀고 다른 간부들 역시 모두가 만족스러워했다.

다만 문제가 하나 있다면 집중도와는 별개로 흥분한 병력들을 다시 진정시켜야 된다는 것.

대한이 다시 강당으로 돌아왔을 때였다.

"야, 대한아. 그분들 지금 어디 계시냐?"

병사들 못지않게 흥분한 이영훈의 주책에 대한은 나직이 한숨을 내쉬었다.

✷

뜨거운 강당 분위기.

대한이 단상 위에 올라 마이크를 잡았을 때였다.

"주목."

"소대장님! 그분들 언제 다시 들어오십니까?"

옥지성은 이미 송창현이 섭외한 강사들에게 혼이 빼긴 듯했다.

대한의 말에 복명복창하지도 않고 질문부터 하고 있었고 그 말을 시작으로 이곳저곳에서 대한에게 질문들이 쏟아지기 시작했다.

"마음에 드는 사람 있었답니까?"

"그분들 몇 살이십니까?"

"군인 남자 친구 어떠시답니까?"

그 말들을 가만히 듣고 있던 대한은 마이크를 내려놓고 조용히 말했다.

"주목."

분위기가 달라졌지만 눈치챈 병력들은 몇 없었다.

그저 각자의 소감을 늘어놓기 바쁠 뿐.

대한은 다시 한번 작은 목소리로 말했다.

"주목."

"주, 주목."

맨 앞에 있던 병력들이 눈치를 보며 복명복창했고.

"마지막이다. 주목."

"주목! 야, 주목해!"

그제야 정신을 차린 몇 명이 서둘러 주변을 통제해 나갔다.

잠시 후, 병력들이 잡담을 그만둔 채 대한을 쳐다보고 있었고 대한은 한숨과 함께 마이크를 잡았다.

"내가 분명히 군인다운 모습 보이라고 했지."

"예! 그렇습니다!"

"여성분들 보고 환호하는 것도 군인의 모습이긴 하지만 진행도 못 하게 질서 어기는 건 아니잖아, 안 그래?"

"예! 맞습니다!"

"좋은 건 알겠는데 정신 좀 차리자. 좋게 말할 때 잘해야지. 훈련하는 것도 아니고 욕먹고 싶은 사람 없잖아?"

병력들이 큰 목소리로 대답했고 대한은 바로 의자 정리를 지시했다.

그때, 병력들 무리에서 익숙한 인물이 눈에 띄었다.

이영훈이었다.

이영훈은 조용히 병력들 사이를 빠져나가고 있었는데 대한은 그 모습을 보고 조용히 속으로 한숨을 쉬었다.

이윽고 정리가 끝나자 대한이 말했다.

"집중 잘해라. 그럼 마지막 날에 그분들 다시 모셔 올 테니까. 그러니 그때까지 사랑은 가슴에 묻어 두고 교육에 집중할 수 있도록. 알겠나?"

"예……."

미적지근한 반응.

초등학생이 들어도 거짓말처럼 들리는 멘트였기 때문이다.

그래서일까?

병사들의 사기가 빠르게 식어 갔다.

"아, 진짜 무조건 거짓말이다."

"희망고문이 너무 심하신 거 아니냐?"

"나한테도 순정이란 게 있는데 이걸 이렇게 짓밟으시네. 그럼 나도 깡패가 될 수밖에 없는데."

수군거리는 목소리들.

그러나 병력들은 결국 대한의 말을 믿을 수밖에 없었다.

"이것들 봐라? 난 마지막 날에 볼 수 있다고 분명히 말했는데 안 믿네? 그럼 없던 걸로 해?"

"아, 아닙니다!"

"똑바로 해. 언제 내가 한 입으로 두 말하는 거 봤어?"

그 말에 병사들이 다시 고개를 끄덕이기 시작했다.

다른 사람도 아니고 대한에 대한 소문은 이미 대대를 넘어 단

사이에서도 꽤나 자자했으니까.

병력 통제를 마친 대한이 단상에서 내려와 뒤편에 마련된 간부석으로 향했다.

그러자 대한이 오자마자 이영훈이 살갑게 반겨 주며 말했다.

"오, 우리 대한이. 고생 많았다."

그 말에 대한은 이영훈을 잠시 째려 볼까 하다가 이내 관두었다.

"예, 감사합니다."

"그래. 그런 의미에서 그분들은 지금 어디 계시냐?"

"그분들 다 돌아가셨습니다. 아마 지금쯤이면 그분들을 태운 승합차가 신나게 하양역으로 가고 있을 겁니다."

"……뭐? 진짜야? 왜?"

"그분들 진짜 보조 강사 아닙니다. 송창현 단장님이 준비해 온 오프닝 무기 같은 분들이었습니다."

"그, 그럴 리가 없는데? 나 그분들 중 한 분이랑 눈 마주쳤는데 우린 그 짧은 시간 동안 우주를 교환했단 말이야."

"우주……."

대한은 목구멍까지 욕이 찼다.

✹

첫째 날 인성 교육이 종료된 후 대한이 송창현의 짐을 들어 주며 말했다.

"내일 인터뷰 있으신 거 알고 계시죠?"

"아유, 그럼요. 김 소위님이 국방일보에서 취재 나온다고 말씀해 주신 뒤로 잠도 못 자고 준비했습니다."

"하하, 어차피 인터뷰 시간 짧을 텐데 너무 무리하시는 거 아닙니까?"

"그래도 저희 단체를 군대에 직접 알릴 기회가 그때뿐이지 않습니까. 카메라로 영상도 찍어 가며 열심히 준비했습니다."

대한은 송창현의 말을 듣고 확신했다.

아마 송창현은 대한이 아니었어도 결국엔 전 군을 돌아다니며 인성 교육을 하고 있었을 것이라는 걸.

대한이 물었다.

"열정이 대단하십니다. 그럼 혹시 내용도 들어 볼 겸 저도 한번 들어 봐도 되겠습니까?"

"아, 김 소위님 칭찬이 많아서 쑥스러운데…… 이것만 다 옮기고 보여 드리겠습니다."

"하하, 편하게 보겠습니다."

"예, 그래 주시죠."

짐이 별로 없어 정리가 금방 끝났고 송창현이 휴대폰을 꺼내 영상을 틀어 대한에게 보였다.

"이렇게 보여 드리려니 좀 민망한데 그래도 한번 보시고 수정해야 될 것 있으면 말씀해 주세요. 바로 수정하겠습니다."

"예, 알겠습니다."

영상 속 송창현은 빈말이 아니라 정말로 열정적이었다.

집에서 촬영한 것 같음에도 정장을 빼입고 있었으니까.

영상의 주된 내용은 병사들에게 인성 교육이 필요한 이유와 본인들이 어떤 준비를 어떻게 해 왔는지에 대한 것들이었다.

그리고 마지막에 대한과 고종민, 단장과 대대장에 대한 감사를 전하는 것으로 마무리.

인상 찌푸려지는 것 없는 무난한 인터뷰였다.

그렇기에 문제였다.

대한이 말했다.

"단장님, 이러지 마시고 혹시 마지막에 감사한 분 언급하실 때 대대장님 이름을 제일 먼저 언급해 주시고 단장님 이름은 언급 안 해 주실 수 있으시겠습니까?"

"……예? 그래도 됩니까?"

대한의 요구에 송창현이 눈을 동그랗게 떴다.

당연했다.

송창현도 현역으로 병장 만기제대를 한 인물인데 단과 대대가 같이 교육받는 상황에서 단장의 이름을 빼라는 건 말도 안 되는 처사처럼 느꼈으니까.

'역시 이럴 줄 알았다.'

그렇기에 추가로 현 상황에 대해 설명해 주었다. 이번 교육이 어떻게 시작됐는지부터 대대장과 단장의 관계, 그리고 단장의 이름을 빼는 대신 어떤 식으로 보완이 이루어지는지에 대해.

"……그래서 대대장님 체면을 세워 드려야 합니다."

"그런 사연이 있었군요. 알겠습니다. 근데 뭐, 국방일보를 보는 사람들이 그걸 이상하게 생각하진 않겠죠?"

"괜찮을 겁니다."

어차피 상급자들이 국방일보를 챙겨 보는 경우는 드물었으니까. 그들은 안유빈 같은 정훈 간부들을 통해 따로 요약 보고를 받을 것이 분명했다.

그리고 그 과정에서 송창현이 누굴 칭찬했는지는 전달될 일은 없을 테고.

대한은 군대에 있었던 세월을 떠올리며 송창현에게 답변해 주었고 송창현은 대한의 요구를 존중해 주기로 했다.

"그럼 그렇게 하겠습니다. 오늘 고생 많으셨습니다. 저희는 먼저 들어가 보겠습니다."

"괜찮으시면 식사라도 하고 가시죠?"

"아닙니다, 식사 제공은 점심으로도 충분합니다. 오늘 다른 강사분들이랑 영천에서 간단하게 회식하고 들어가려 합니다."

"알겠습니다. 조심히 들어가시고 내일 뵙겠습니다."

대한은 멀어져 가는 강사들의 뒷모습을 보며 묘한 고마움을 느꼈다.

아무리 홍보해 준다는 명목으로 무료로 받는 강의라지만, 기브앤테이크를 떠나 마음이 쓰이는 건 사실이었으니까.

'내일 PX나 털어서 선물이라도 챙겨 드려야겠다.'

PX에는 간부들을 위한 양주들을 싸게 판매한다.

대한은 어차피 마시지도 않는 술, 송창현을 위해 올해 자신이 살 수 있는 양을 모조리 사다 주기로 했다.

이렇게라도 해야 마음이 좀 편할 것 같아서.

✳

다음 날 오전.

부대에는 외부 손님들이 계속해서 들어오고 있었다.

송창현이 들어온 다음 국방일보 취재 팀이 들어왔고, 취재 팀은 부대의 장인 이원영에게 인사를 한 뒤 바로 강당으로 향했다.

촬영이라고 해서 뭐 엄청난 장비가 들어오지는 않았다.

그저 좀 비싸 보이는 카메라와 카메라 담당 인력. 그리고 리포터 한 명이 전부였다.

단출한 멤버였지만 인원 수 대비 전군에 미치는 파급력은 어마어마했고 이들은 바로 송창현의 강의를 촬영하기 시작했다.

"장병 여러분 어제 교육드린 내용을 한번 복습해 보겠습니다. 인성이란 무엇입니까?"

"인간의 성품입니다!"

"맞습니다. 그리고 인간성과도 동일하게 생각하면 된다고 말씀드렸죠?"

"예, 그렇습니다!"

"고로 인성이 모자란 사람들은 인간이 덜된 사람입니다! 여러분들은 그런 사람이 되면 안 되겠죠?"

강의의 내용은 둘째 치고 분위기 하나만큼은 가히 압도적이었다.

남자 강사가 교육하고 있다는 생각이 전혀 들지 않을 만큼 병력들은 거의 위문 열차급 목소리를 내질렀고 그 모습을 촬영하는 리포터는 의외의 모습에 혀를 내둘렀다.

"이야…… 부대 병사들이 교육을 잘 받는 건지 저 강사가 강의를 잘하는 건지 모르겠지만 분위기는 여태껏 본 부대들 중에 최고네요."

"강사분이 강의를 재밌게 잘하지 않습니까. 저희 애들은 원래 좀 무뚝뚝한 애들입니다."

대한은 리포터 옆에 붙어 실시간으로 답변해 주었고 리포터는 고개를 끄덕이며 이것저것 적던 끝에 대한을 보며 물었다.

"그나저나 소위님은 녹색 견장 차신 거 보니까 소대장이신 것 같은데, 인사과장님 인터뷰 따려고 하니 김 소위님한테 가 보라고 하시더라구요. 이거 다 소위님이 준비하신 거라고 그러던데 맞습니까?"

"아, 예. 뭐 제가 섭외하긴 했는데…… 제 인터뷰보다는 저기 강사님이 길게 말씀할 수 있게 부탁드려도 되겠습니까?"

대한의 말에 리포터는 아쉽다는 듯 눈을 위아래로 움직였다. 물론 자신도 직접 인터뷰 하면 좋긴 했다.

스포트라이트 받기 딱 좋은 타이밍이었으니까. 하지만.

'내 입으로 내 자랑 하는 것만큼 부끄러운 것도 없지.'

그래서 거절했다.

지금은 자신의 칭찬보단 대대장의 칭찬이 더 중요했으니까.

그렇게 국방일보 취재 팀은 오전 내내 송창현 단장의 강의를 촬영했다.

협동 과제를 할 때는 병사들에게 다가가서 직접 인터뷰를 했고 병사들도 열정적으로 인터뷰에 임했다.

포상휴가 때문이었다.

그렇게 점심시간이 다가왔을 무렵, 조금 일찍 강의를 종료한 송창현이 인터뷰를 위해 취재진 쪽으로 다가왔다.

그러자 대한이 송창현에게 엄지를 들며 말했다.

"아주 멋지게 나오고 계십니다."

"하하, 그렇습니까. 다행입니다."

그때, 리포터가 송창현에게 말했다.

"강사님, 이제 인터뷰를 좀 해 보려고 하는데 너무 어렵게 생각지 마시고 시간 상관없이 하시고 싶은 말씀 있으시면 편하게 쭉 해 주시면 됩니다."

"예, 알겠습니다."

리포터의 요청에 긴장한 송창현은 물을 마시며 목을 축였고 이내 카메라를 똑바로 쳐다보며 말을 잇기 시작했다.

"후…… 안녕하십니까, 저는 대한인성 교육협회의 송창현 단장이라고 합니다. 먼저 이런 자리를 만들어 주신 대대장님께 진심으로 감사의 말씀을 드리고 싶습니다."

시작된 인터뷰.

됐다, 자연스러웠어.

시작부터 대대장을 언급하고 단장의 이름을 빼먹었다.

하지만 전혀 어색하지 않았고 대한이 조용히 미소 지어 보이자 용기를 얻은 송창현 또한 한결 부드러운 어조로 말을 이어 나가기 시작했다.

"……최근 군대 내의 사건, 사고가 끊이지 않고 있으며 몇몇 사건은 제가 현역이었던 시절 겪었던 부조리가 아직까지 이어지고 있다는 것을 알게 되었습니다. 청춘을 희생하고 있는 국군 장병들이 군대에서 피해를 입지 않았으면 하는 마음이 들어 군대 인성 교육을 만들게 되었고, 이렇게 좋은 부대에 첫 강의를 나오게 되어 영광입니다."

50대가 넘는 송창현이었기에 송창현이 아는 부조리라 함은 30년은 된 것들이었다.

지휘관들이 부대에 부임하면서 세우는 목표로 부조리를 처단하고자 강하게 병사들을 잡아 보지만…….

'사라졌다 싶다가도 어느새 다시 살아나 있는 게 부조리지.'

그렇기 때문에 강한 처벌은 물론 주기적인 교육이 필요했다.

그중에서도 송창현이 가장 중요시 여기는 게 바로 인성 교육.

"제가 강의를 다니면서 만나 봤던 젊은 청춘들 중에 가장 인성적으로 탄탄한 친구들을 본 것 같지만, 사실 이런 경우는 드물고 대부분 서로를 인간으로 존중 또는 배려하지 못하고 있습니다. 이런 부분을 다년간의 경험으로 양질의 강의 시간을 제공해 강한 부대를 만드는 것에 이바지하고 싶습니다."

송창현의 교육은 들다 보면 단순히 돈을 벌기 위해 한다는 속 빈 강정 같다는 느낌보다 어떤 사명감 같은 게 느껴졌다.

그만큼 그는 진심이었으니까.

그래서일까?

그의 진심이 전해져서인지 대한은 전날 교육을 마치고 돌아가는 길에 한 분대장이 막내에게 다가가 사과를 하는 장면을 보았다.

만약 대한과 같은 소대장들이 교육을 했다면 그런 결과를 낼 수 없었을 터. 소대장들은 전문가가 아니었으니까.

그렇기에 대한은 송창현을 섭외하길 참 잘했다는 생각이 들었다.

비록 시작은 귀찮음 해결에서 시작되긴 했지만 결과적으로는 양질의 교육을 부대에 제공함으로써 군의 발전을 이끌어 냈으니까.

"……마지막으로 저희 협회에는 다양한 교육이 준비되어 있으며 기회가 된다면 더 많은 병사들을 만나 교육할 수 있었으면 좋겠습니다."

송창현의 말이 끝나자 경청하고 있던 리포터가 질문을 던졌다.

"인성 교육에 대해 큰 뜻을 가지고 계시고 교육의 질도 굉장히 높으신 것 같은데 이전까지 군부대 강의를 안 하셨다는 게 참 놀랍습니다. 혹시 이번에 군부대 강의를 나오시게 된 특별한 계기가 있으실까요?"

그 말에 송창현이 조금 씁쓸한 미소를 지으며 말했다.

"사실 처음부터 협조가 쉽지는 않았습니다. 매년 담당자가 바뀌는 건 물론 군부대 내의 간부님들의 연락처를 얻는 것조차 쉽지 않았으니까요. 그래서 안 한 게 아니라 못 했다는 게 더 맞는 표현인 것 같습니다."

"그렇군요. 말씀대로 군과 민간이 협업하는 게 쉽지 않은 일인 것 같은데 그럼 이번 강의는 어떻게 나오시게 될 수 있었을까요?"

"부대에 계신 생각 깊으신 간부 한 분이 먼저 연락을 주셨습니다."

"아, 인사과장님이 연락을 주셨나 보네요."

"아닙니다. 놀랍게도 소대장분이 먼저 연락을 주셨습니다."

"소대장분이요? 의외네요. 참모도 아니고 소대장분이 먼저 연락을 다 주시다니."

"예, 참 병력을 생각하는 마음이 깊으신 분이시라고 생각합니다.”

송창현과 리포터가 대한을 보며 말하자 대한은 쑥스러움에
얼굴이 붉어졌다.

송창현 성격상 자신을 칭찬해 줄 것은 알았지만 사람들 보는
앞에서 이렇게 대놓고 해 줄 줄이야.

이윽고 인터뷰가 마무리되고 리포터가 은근한 표정으로 대
한에게 다가왔다.

“김 소위님? 저희 인터뷰가 너무 잘 나와서 그러는데 김 소위
님도 인터뷰 좀 해 주셔야겠는데요?”

“어…… 굳이 그럴 필요가 있겠습니까?”

“들으셔서 아시잖아요. 여기서 김 소위님이 등장하면 아주 적
절한 타이밍이 될 겁니다.”

“아니, 뭐. 그냥 마무리해도 될 것 같은데…….”

이런 건 좀 쑥스러웠다.

자신은 늘 그림자처럼 뒤에서 일하는 사람이었으니까.

그때 리포터가 대한의 군복을 훑어보며 물었다.

“흠, 공수 마크가 없는 걸 보니 혹시 단기 복무 자원이십니
까?”

군부대를 취재하는 리포터라 그런지 장교들을 구분하는 법
을 잘 알았다.

대한을 보고 육사나 삼사 출신은 아니라고 바로 파악한 것.

그래서 바로 대답했다.

"아닙니다. 장기 희망잡니다."

"그러면 그냥 찍어 주시는 게 어떨까요, 그래야 상급자들한테 말하기도 좋을 것 아닙니까."

흠흠.

그건 맞지만…….

'저렇게까지 말하는데 어쩔 수 없지.'

그렇게 대한의 인터뷰까지 진행이 되었다.

물론 그렇다고 해서 대한은 인터뷰에서 자기 자랑 같은 건 일절 하지 않았다. 거의 대부분이 대대장 박희재에 대한 찬양을 늘어놓을 뿐.

당연했다.

군대에서 세운 공은 본인이 챙기는 것이 아니라 상급자를 통해서 챙겨야 하는 것이었으니까.

그래서일까?

인터뷰가 끝나고 리포터가 조금 의아하다는 듯이 물었다.

"신기하네요. 자랑할 수 있게끔 일부러 판을 깔아 드렸는데 그저 대대장님 말씀만 하시니."

"뭐…… 말씀드렸다시피 전 군인으로서 할 일을 한 것이고, 이걸 할 수 있었던 건 생각 깊으신 대대장님의 허락이 있었기 때문이고 또 막상 말하다 보니 대대장님 생각밖에 안 나서 그랬습니다. 이상입니다."

"제가 군 생활을 간부로 해 보지 않아서 잘 모르지만, 김 소위님은 군 생활을 참 잘하시는 것 같습니다."

"하하, 아닙니다. 저보다 잘하는 사람 더 많습니다. 그럼 이제 식사하러 가시죠. 간부 식당으로 안내하겠습니다."

"예, 가시죠."

리포터의 개인적인 질문을 마지막으로 대한의 일행은 강당을 나와 간부 식당으로 향했고 일행은 거기서 자연스럽게 찢어졌다.

외부에서 온 손님들 식사를 맞이하는 건 대한이 아닌 지휘관들의 몫이었으니까.

송창현과 국방일보 팀은 이원영과 박희재가 있는 테이블에 앉아 식사를 했고, 대한은 이영훈이 있는 테이블을 찾아갔다.

이영훈이 대한을 보며 물었다.

"너도 인터뷰했냐? 이거 방송으로 나온다며?"

"예, 짧게 하고 오긴 했습니다."

"이야, 유명인이네. 유명인. 사인 하나 해 줘라."

"몇 장 해드립니까? 전투복에 해드립니까?"

"크큭, 미친놈. 그나저나 내 칭찬은 좀 했냐?"

"중대장님과 상의해서 대대장님께 보고드렸고 대대장님이 최종적으로 보완해서 만들어진 교육이라고 말했습니다."

"크, 깔끔하다, 깔끔해."

장난식으로 물은 거지만 그래도 훌륭한 답변을 들으니 절로 엄지가 치켜세워졌다.

물론 이런 질문을 받을 걸 예상하고 미리 그런 답변을 한 거 긴 하지만.

이내 두 사람은 본격적인 식사를 시작했고 얼마 뒤, 식당 티 비에 송출되는 뉴스를 보며 이영훈이 말했다.

"비가 진짜 많이 오긴 많이 온다. 이렇게 오래 내리는 것도 오 랜만인 것 같아."

"다른 곳은 거의 홍수지 않습니까?"

"응, 저거 봐라. 차도 떠내려간다."

이영훈의 말마따나 뉴스에는 침수된 도로에 차 한 대가 두둥 실 떠내려가는 것이 보였다.

그것을 본 대한의 표정이 굳어졌다.

'저 비가 조만간 영천으로 올 텐데……'

이영훈은 그저 비가 많이 온다고 했지만 대한의 기억이 맞다 면 저건 시작도 아니었다.

'오늘부터 슬슬 준비해야겠어.'

사격장은 이미 준비를 마쳐 놓았다. 하지만 다른 곳은 손도 못 댄 상황.

만약 이대로 방치하면 일이 터지고 나서야 부랴부랴 대처를 시작할 터.

군대란 그런 곳이었으니까.

대한은 한 인물을 떠올리고는 서둘러 식사를 마쳤다.

　　　　　　　　　　✳

　식사를 마친 뒤 대한은 즉시 오정식에게 전화를 걸었다.

　"바쁘냐."

　─전혀요, 아주 평화롭습니다.

　"왜 평화로워? 지금 장 중 아냐?"

　─여전히 상한가를 치는 중이라 손 댈 것도 없습니다. 그나저
나 대표님이 어쩐 일로 먼저 전화를 다 주셨습니까. 바쁠 걸 예
상하시면서 전화를 하신 거 보니 급한 일이신가 봐요?

　"아니, 급한 건 아닌데 미리 해 두긴 해야 돼서 전화했다."

　─후, 제가 해야 하는 건가 보네요. 뭔데 말해 봐.

　자식, 일 좀 몇 번 같이하더니 수긍이 빨라졌어.

　그래서 더 마음에 들었고 대한이 한쪽 입꼬리를 올리며 말했
다.

　"너네 집 밑에 사는 아저씨 기억나냐? 이름이 뭐더라……."

　─명춘식 아저씨? 그 아저씨는 왜?

　"아, 맞다. 춘식이 아저씨. 그분 하는 일이 건설 현장에서 장
비 모시는 거 아니었어? 굴삭기 같은 거."

　─어, 맞지?

　"아직도 하시나?"

　─하시지. 얼마 전에 편의점 가다가 마주쳐서 같이 편의점도
갔다 왔어.

"그럼 요즘 비 온다고 일 안 하시겠네?"

─그렇지? 아무래도 건설현장에서 일하시니까 비 오면 돈 못 버시지. 안 그래도 편의점 가는 길에 말씀하시던데 일 끊겨서 골치신가 보더라.

"잘됐네. 그럼 좀 있다 전화해서 혹시 아르바이트 하실 생각 없냐고 물어봐 주라. 일당은 섭섭지 않게 챙겨 드린다고."

─알바? 혹시 너희 부대서 하는 거냐?

"부대는 아니고 아무튼 좀 물어봐."

─그거야 어렵지 않은데. 야, 근데 춘식이 아저씨 일당 비싼 거 알고 있지? 장비도 가지고 계시는데다 직접 운전도 가능해서 많이 비싼 분이야.

"내가 언제 돈 걱정 하는 거 봤냐? 자세한 건 내가 말씀드릴 테니까 그냥 영천 와서 뭐 좀 해야 한다고만 말씀드려 놔."

─그래, 알겠다.

대한은 명춘식을 대민지원에 투입시킬 생각이었다.

이유는 간단했다.

굴삭기가 투입되면 그 효과가 굉장했으니까. 물론 '예초에 쓸 농약값보다 너희들이 더 싸다'라는 말이 나올 만큼 군인들 인건비가 더 싸긴 했지만 대한은 그러고 싶지 않았다.

대민지원이 시작되면 대한도 같이 투입돼야 했기 때문이다.

대민지원 나가 본 사람은 안다.

농민들한테 밥도 못 얻어먹게 하고 일은 일대로 힘들지만 추가 수당 같은 건 눈곱만큼도 없다는 걸.

물론 때때로 구호품 같은 게 나오긴 했지만…….

'그깟 거 안 받고 안 나가는 게 훨씬 낫지.'

그래서 이번엔 돈을 좀 써 볼까 했다.

남아도는 게 돈인데 괜히 사서 고생할 필요는 없었으니까.

✻

국방일보 취재진은 식사 이후 바로 부대를 떠났다.

강의 영상도 충분했고 인터뷰도 흥미로웠기 때문에 더 이상 취재할 필요가 없다고 판단한 것.

다음 주면 국방일보에서 확인할 수 있을 것이라는 말과 함께 국방일보 취재 팀이 떠났고 대한은 송창현에게 축하의 말을 전했다.

"이게 다 소위님 덕분입니다."

"아닙니다. 제가 아니었어도 언젠간 군의 교육을 맡으셨을 것 같은데요, 뭘."

송창현은 대한에게 진심으로 고마움을 느꼈고 앞으로 대한이 부탁하면 어떤 교육이든 스케줄을 모두 제치고 우선순위로 해 주겠다는 약속까지 해 주었다.

그렇게 인성 교육의 마지막 날이 시작되었다.

'흠, 슬슬 시작인가 보네.'

대한은 구멍이라도 뚫린 것처럼 폭우를 쏟아 내는 하늘을 보았다.

다른 지역에 물난리를 일으키던 날씨가 드디어 영천에 도달한 것.

하지만 영천 지역보다 난리가 더 일찍 시작된 곳이 있었다.

그곳은 바로 다름 아닌 강당.

당연했다. 대한이 약속했기 때문이다.

교육 마지막 날에 첫날에 봤던 보조 강사들을 다시 데리고 오겠다고.

하지만 강사들은 오지 않았다.

아니, 정확히는 비 때문에 오지 못했다는 게 맞는 표현이었다.

대한이 병사들의 탄성을 예상하며 강당 속으로 들어간다.

"자, 자, 장병 여러분들. 교육을 시작하기에 앞서 말씀드릴 게 있습니다."

단상에 올라온 송창현이 마이크를 잡았다. 그러자 장병들이 열광하기 시작했다. 마지막 날이니 보조 강사 누나들이 올 것이라 생각하고 들떴기 때문이다.

"밖에 비가 정말 많이 온다, 그죠?"

"예에에에에!"

힘찬 대답.

뭔가 불길했지만 일단 힘차게 대답했다.

"정말 돌아다니기 무서울 만큼 쏟아지는 것 같은데요⋯⋯."

"저희는 이런 날씨에 굴복하지 않습니다!"

감 좋은 병사 하나가 불길함을 감지하고 얼른 송창현의 입을 막아선다. 하지만 결과는 이미 정해져 있는 법.

"하하, 장병 여러분들이야, 늠름한 군인이기에 이런 날씨는 아무 상관없겠지만⋯⋯ 강사분들은 그렇지 않습니다."

송창현의 말이 끝나기 무섭게 강당의 분위기는 차갑게 식어 갔다. 지켜보고 있던 대한도 긴장될 정도로.

"오늘 여러분들을 보기 위해 오려고 했습니다만⋯⋯ 비가 너무 많이 와서 운전 자체가 불가피하여 어떻게 올 수가 있겠습니까, 저도 정말 아쉽습니다."

"이 씨벌! 하필 왜! 오늘 비가 이렇게 내리는 거야!"

"오다가 옥체가 다치시는 건 있을 수 없는 일이지. 그렇긴 한데⋯⋯."

"우리 사랑의 걸림돌이 자연이라니!"

터져 나오는 병사들의 불만과 야유. 하지만 감당할 만한 수준이었다.

병사들도 납득한 것이다.

하늘에 구멍이라도 뚫린 것처럼 쏟아지는 비는 자신들이 봐도 좀 무리가 있다는 걸.

분위기를 읽은 송창현이 장병들을 달래기 시작했다.

"너무 아쉬워하지 마십쇼. 저희 협회에는 다른 교육들도 많으니까요. 언제든 불러만 주십쇼. 이렇게 멋진 장병들에게 강의를 해 줄 수 있는 건 저희에게도 좋은 일이니까요."

송창현의 말이 끝나는 순간 병력들은 주위를 살피기 시작했다.

대한과 고종민을 찾는 것이다.

이내 곧 두 사람을 찾은 병력들은 빤히 두 사람을 쳐다보았고 고종민은 누구보다 빠르게 손가락으로 대한을 가리켰다.

'이 양반이?'

자신에게 쏟아지는 400명의 간절한 눈빛. 그 강렬한 눈빛에 대한은 얼른 머리 위로 동그라미를 그려 주었다.

"와아! 소대장님! 저흰 또 교육받고 싶습니다!"

"다음에도 꼭 단이랑 통합해서 부탁드리겠습니다."

"김대한! 김대한!"

대한의 긍정적인 답변에 병력들이 다시금 환호하기 시작한다.

'이걸 다행이라고 해야 하나……'

어쨌든 병사들을 달래는 데는 성공했으니까. 그렇게 성공적으로 인성 교육이 끝나갔다.

✺

병사들이 대한에게 환호하고 있던 그 시각.

지휘 통제실에 있는 부대의 대표전화가 울리기 시작했다.

대표전화는 군 내선 전화가 아닌 외부에서도 전화를 할 수 있는 전화기로 보통의 군인들은 부대의 대표번호로 전화하지 않았다.

보통은 용무가 있는 실무자의 번호로 직접 전화를 하는 게 정상.

그런데 이 전화가 울렸다는 건 외부에서 연락이 왔다는 것.

불길했다.

외부에서 온 전화 중에 멀쩡한 전화는 거의 없었으니까.

여진수가 짐짓 긴장한 기색으로 호흡을 가다듬은 후 전화를 받았다.

"예, 부대입니다. 무슨 일이십니까."

―안녕하세요. 영천 시청 안전재난하천과 과장 추승정입니다.

대대의 유관기관 중 하나인 영천 시청에서 온 전화였다.

여진수는 소개를 듣자마자 무슨 일이 생겼다는 것을 파악했다.

"예, 안녕하십니까. 여진수 소령이라고 합니다."

―아, 정작과장님이시구나. 그럼 바로 말씀드리겠습니다. 이번에 계속해서 내린 비 때문에 농가 피해는 물론이고 지역에 피해 입은 곳이 많습니다.

"예, 저희 대대장님도 이미 준비하고 계셨습니다. 편하게 말씀하십쇼."

추승정은 부대에 지원을 요청하는 것이 미안한지 서론을 길게 늘어놓았다. 그도 그럴 게 대민지원을 요청하는 게 당연한 것은 아니었으니까.

하지만 이렇게 미안한 마음을 가지고 있다는 것만 해도 충분했다.

─감사합니다. 다름이 아니라 부대 근처 석촌리와 삼부리를 잇는 다리 하나가 불어난 강물에 의해 붕괴가 되어 지원이 필요하고, 그 근처 벼농사를 짓는 곳도 지원이 좀 필요합니다. 불어난 강물이 쓸고 지나가서 물이 빠지면 다시 벼를 세워야 되거든요.

피해 상황을 들은 여진수는 바로 상세한 상황들을 파악하기 시작했다.

"붕괴된 다리는 통행량이 많은 곳입니까?"

─통행량이 많은 곳은 아닙니다. 하지만 농업 장비가 다녀야 하는 곳으로 피해 복구시 꼭 필요한 다리입니다.

"그럼 장간을 설치해야겠네요. 일단 비가 그치면 나가기는 할 건데 강물이 불어 있거나 날씨가 좋지 않으면 저희도 장간을 설치할 수 없습니다. 혹시 우회로 있습니까?"

여진수는 대위 시절 실제로 장간조립교를 지원해 본 적이 있었다.

그 당시 부대에서 할 때와는 전혀 다른 현장 상황에 크게 당황했었는데 장간조립교 특성상 추진하는 과정에서 휘기 마련이었고, 불어 있는 강물에 닿아 큰 사고로 이어질 뻔했었다.

내리는 비로 보아 당장 비가 그친다고 해도 장간은 설치 못할 게 분명했다.

그리고 다른 작업을 하려면 그 다리가 필요한 상황이었기에 우회로를 물어본 것.

─우회로가 하나 있기는 한데…… 산에서 쓸려 내려온 토사물에 이미 막혀 있습니다. 이틀 전에 방문해서 확인한 것이니 지금은 더 심할 것입니다.

"흠…… 그러면 비 때문에 고립된 분은 없습니까?"

─지금 확인 중에 있는데 딱 한 분이 연락이 안 됩니다. 말씀드린 우회로를 올라가서 나오는 집인데 산 중턱에 위치해 있어 현재로썬 직접 방문 외엔 확인할 길이 없습니다. 그리고 산사태가 일어난다면 가장 위험한 곳이라 걱정이 큽니다.

"우회로는 당장에라도 뚫어야겠네요."

─그러면 좋겠지만…… 밖에 기상 상황을 봐서 아시겠지만 현실적으로 불가능하지 않겠습니까.

"그렇다고 듣고 가만히 기다리고 있을 수만은 없지 않습니까. 일단 휴대폰 번호 한 번만 불러 주십쇼. 제가 연락드릴 테니까 저장하시고 부대 전화 말고 개인 번호로 연락 주시면 됩니다."

여진수는 추승정의 번호를 받고는 곧장 대대장실로 향해 보고를 올렸고 보고를 들은 박희재는 당장 지원 중대장과 지원 중대 간부들을 소집해 급하게 회의를 시작했다.

✷

오후까지 계획되어 있던 인성 교육은 박희재가 직접 송창현에게 양해를 구하고 오전 교육으로 마무리를 지었다.

송창현은 전혀 기분 나쁜 기색 없이 오히려 복귀하는 길을 일찍 출발할 수 있다며 다행이라고 했다.

박희재는 인성 교육이 끝난 병사들에게 서둘러 배수로 작업을 지시했다.

비가 쏟아지는 이 상황에 병력들이 불만을 가질 법도 했지만……

'배수로를 보면 있던 불만도 쏙 들어가지.'

대부분의 사람들은 처참한 현장을 보면 자기도 모르게 몸부터 움직인다.

배수로가 그랬다.

누가 봐도 심각했고 누구라도 당장에 조치를 취해야 할 것 같은 비주얼.

그도 그럴 게 배수로 중간중간 토사물이 쌓여 물이 도로로 쏟아지고 있었으니까.

배수로가 꺾이는 곳은 더욱 심했다.

이미 꽉 막힌 배수로에 강한 물살이 내려오며 마치 분수가 설치된 듯 엄청난 양의 물이 부딪혀 튀어 오르고 있었다.

"조심해! 2인 1조로 작업하고 서로 위험하지 않도록 잘 봐줘! 작업도 작업이지만 안전이 우선이다!"

"알겠습니다!"

대한은 병력들이 다치지 않게끔 이곳저곳을 돌아다니며 체크를 했고 30분 뒤에 막혀 있던 배수로를 시원하게 뚫을 수 있었다.

대한은 병력들을 데리고 서둘러 막사로 복귀했고, 병력들에게 개인정비를 지시했다.

"비에 젖은 채로 있지 말고 머리랑 몸 바짝 닦고 새 전투복으로 환복 한 뒤에 생활관에 대기하고 있어."

"예! 알겠습니다!"

분명 찜찜한 작업이었을 텐데도 중대원들의 표정은 묘하게 기분이 좋아 보였다.

이해는 됐다. 무더위도 아니고 오랜만에 워터파크 같은 곳에서 일한 느낌일 테니까.

'그래, 교육보단 몸 쓰는 게 맞지.'

대한은 중대원들을 보며 씩 웃은 뒤 우의를 벗어 놓고는 지휘 통제실로 향했다.

지휘 통제실에는 주요 직위자들이 모여 회의 중이었고 가장 먼저 작업을 마친 대한이 박희재에게 보고를 올렸다.

"충성! 1중대 담당 배수로 작업 완료했습니다!"

"어, 대한아. 고생했다. 중대장 뒤에 앉아라."

"예, 알겠습니다."

대한은 박희재가 당연히 중대로 복귀하라고 할 줄 알았다.

여기서 대한이 할 건 전혀 없었으니까.

그래도 대대장의 명령이니 자연스럽게 이영훈의 뒷자리에 가 앉았다.

박희재가 말했다.

"지원 중대 소대장들 수송 차량에 선탑자 왔으니까 30분 뒤에 출발하는 것으로 하고 앞서 말해 줬던 대로 중대장들이 장비에 선탑해라."

"예, 알겠습니다."

"군수과장은 긴급 배차로 배차 다 내고 보고해."

"지금 바로 실시하겠습니다."

"다들 출동 준비하고 준비되는 대로 전화 보고해. 내가 수송부로 올라갈 테니 내려올 필요는 없다."

박희재의 말이 끝나기 무섭게 간부들이 자리에서 일어나 지휘 통제실을 벗어났다.

심각해 보이는 분위기에 눈치를 살피던 대한은 이영훈의 뒤를 따라가며 조심스럽게 물었다.

"어디 출동합니까?"

"어, 산 중턱에 어르신 한 분이 사시는데 연락도 안 받으시고 길이 막혀서 생사 확인이 안 된다더라. 그래서 지금 그 길 뚫으러 가야 해."

아.

그 일이 오늘이었구나.

이영훈의 설명에 전생의 기억을 떠올린 대한은 심각한 표정으로 고개를 끄덕였다.

"현장 상황이 괜찮아야 할 텐데…… 조심히 다녀오십쇼, 중대장님."

"뭔 소리야, 너도 얼른 준비해?"

"예? 저도 갑니까?"

"대대장님 말씀 못 들었어? 지원 중대 소대장들 수송 차량 선탑자가 너야."

"아…… 그렇습니까."

배수로 작업을 가장 먼저 보고하러 오는 간부를 선탑자로 앉히기로 했다.

그리고 이건 우연이 아니었다.

박희재는 물론 대부분의 간부들은 대한이 가장 먼저 올 것으로 예상해 이미 긴급 배차도 올려놓은 상황.

대한은 다시 한번 느꼈다.

일을 잘하는 사람은 그만큼 일을 많이 하게 된다는 걸.

그래도 불만은 없었다.

일 못 하는 사람한테 일 맡겨 봤자 결국엔 일 잘하는 사람이 그 뒤처리를 다 하게 되는 곳이 바로 군대였으니까.

대한은 이영훈과 지휘 통제실에서 나오자마자 우의를 챙기기 위해 곧장 간부 연구실로 향했다.

그러고는 바로 휴대폰을 꺼내 오정식에게 전화를 걸었다.

"정식아, 춘식이 아저씨 만나고 왔냐?"

—어, 안 그래도 너한테 말해 주려고 했는데 마침 전화가 왔네. 군부대 공사라면 언제든 콜이시래 돈 잘 들어온다고.

"다행이다. 그럼 내가 연락드리고 싶은데 나 바로 현장 나가 봐야 해서 주소 남겨줄 테니까. 준비되시는 대로 그쪽으로 출발 부탁드린다고 말 좀 전해 줘. 아, 번호도 하나 받아서 남겨 주고."

—지금? 영천에는 비 안 오냐? 대구는 지금 물난린데?

"비 안 오겠냐? 대구랑 영천이 멀면 얼마나 멀다고 날씨가 다르겠냐. 여기도 똑같아."

—와…… 군대가 빡세긴 빡센가 보다 이런 날씨에도 작업하다니.

"알면 군인들한테 잘해라. 암튼 바쁘니까 이만 끊는다. 문자 확인 꼭 해라."

—얼른 가 봐라. 바로 말하고 올 테니까.

오정식과 전화를 끊은 대한은 서둘러 이영훈과 함께 수송부로 이동했고 오정식도 옆집으로 뛰었다.

Chapter 4

수송부에는 지원 중대 간부들이 뛰어다니며 중장비들을 확인하고 있었고 박희재 또한 미리 도착해서 현장을 확인하고 있었다.

"충성!"

"왔냐. 영훈이는 장비 선탑할 거 확인해 봐라."

"예, 알겠습니다!"

이영훈은 박희재의 지시에 지원 중대 간부들 틈으로 뛰어들어 같이 움직였고 대한은 자연스럽게 박희재의 옆에 섰다.

"대대장님 비가 많이 오는데 우산 가져다드리겠습니다."

박희재는 막사에서부터 베레모만 쓴 채 올라왔는지 이미 온몸이 젖은 상태였다.

그리고 지금도 수송부 중앙에서 비를 맞으며 지켜보고 있었고 그런 박희재가 걱정된 대한은 우산을 챙기기 위해 이동하려 했다.

하지만 박희재는 오히려 대한을 붙잡은 세우며 우의 모자를 제대로 씌워 주며 말했다.

"됐다. 비 오는 날 전쟁 안 하는 것도 아니고 잠깐 비 좀 맞을 수도 있지. 너희들은 나가서 하루 종일 비 맞으면서 고생하는데 나만 뽀송하게 있으면 내 마음이 편하겠냐."

대대장의 말에 대한은 자기도 모르게 미소를 지었다.

참 멋진 지휘관이었다.

중령으로 끝내기 아쉽다는 생각이 들 정도로.

대한은 박희재의 말에 사기가 벅차오르기 시작했다.

"대대장님 마음 덜 쓰이시도록 최대한 빨리 상황 종료하도록 노력하겠습니다."

"허허, 기특한 놈."

박희재는 대한을 따뜻한 눈으로 바라봤다. 그러다 문득 씨익 웃으며 물었다.

"그나저나 그런 말은 지원 중대 간부들한테 들어야 하는 것 같은데? 넌 지원 중대 간부 이동차량 선탑자잖아."

대한은 현장에서 뭘 하라고 지시 받은 것이 없었다.

해 봤자 주변 통제 정도?

그렇게 생각하니 묘하게 부끄러워졌다.

"……제가 의욕이 좀 과했던 것 같습니다."

"하하, 아니다. 가서 현장 통제 잘해 주고 올 거라고 생각해서 널 보낸 거야."

물론 이영훈에게 들은 말과는 좀 달랐지만 그냥 그러려니 했다.

제일 빨리 오는 사람이 일을 제일 잘하는 게 맞았고 일을 잘하는 사람이라는 것은 현장 판단이 좋다는 말도 되었으니까.

그러니 이런 준비되지 않은 현장에는 대한처럼 센스 있는 사람이 가는 게 좋았다.

"믿음에 보답하고 오겠습니다."

"오냐, 언제나 믿고 있다."

박희재가 대한의 어깨를 툭툭 두드려 주며 간부들의 준비를 지켜보는 것도 잠시, 이내 모든 출동 차량에 시동을 걸어 둔 채 수송부 정비고에 집합했다.

대한은 자연스럽게 대열의 맨 뒤로 이동했고 박희재가 인원들을 둘러보며 입을 열었다.

"상황이 상황인지라 빠르게 끝내겠다. 현장에 도착해서 뭐하겠다 나한테 보고할 필요 없다. 중간보고도 필요 없다, 궁금하면 내가 알아서 갈 테니. 보고는 단 한 번, 상황 종료 후 복귀보고만 받겠다. 이상. 바로 차량에 탑승해라."

"예! 알겠습니다!"

결정권자인 박희재는 여진수와 연락을 위해 남아 있어야 했다.

　유관기관뿐만 아니라 이런 날씨에 출동하면 병력들 사고 걱정에 상급부대에서 통제가 내려올 수도 있으니까.

　그래서 박희재도 마지막 복귀 보고만 받겠다고 말한 것.

　이는 부하들이 최선의 판단을 할 것이라는 믿음을 보여 주며 본인이 나머지 부분을 모두 책임을 지겠다는 말이었다.

　절대 쉬운 결정이 아니었다.

　본인의 자리를 걱정한다면 절대 할 수 없는 결정이었다.

　'저런 게 바로 명예지.'

　인원들은 박희재의 믿음에 보답하겠다는 듯 큰 목소리로 대답을 하고는 차량에 탑승했다.

　잠시 후, 모든 차량이 현장으로 출동했고 대한은 승합차의 조수석에 앉아 현장이 보다 괜찮기를 기도했다.

　'정확한 현장을 보는 건 나도 처음이다.'

　전생에는 배수로 작업이 늦게 끝나 현장에 출동하지 못했다.

　하지만 그럼에도 불구하고 명춘식을 부른 이유는 나중에 명춘식이 뉴스를 보며 한 말이 기억났기 때문이다.

　'본인이 왔으면 무조건 해결할 수 있다고 그랬지.'

　당시에는 무슨 말인지 알아듣지 못했지만 시간이 흘러 군 생활 경험이 어느 정도 쌓이자 그제야 이해할 수 있었다.

　그래서 비가 퍼붓기 시작함과 동시에 그를 섭외한 것.

　그때, 뒤에 타고 있던 간부들 중 하나가 입을 열었다.

"영천에 이런 난리가 나다니…… 파병 이후에 여기 오고 나서는 절대 이런 지원 나갈 일 없다고 생각했는데."

지원 중대의 장비 소대장, 류승진 원사.

중대장을 제외한 모든 간부가 부사관인 지원 중대에서 행정 보급관 다음으로 짬이 높은 인물이었다.

상사 시절 파병에 다녀온 뒤 대한의 부대로 전입을 왔고, 얼마 지나지 않아 원사로 진급하고 편하게 군 생활을 하는 중이었다.

그렇기에 지금도 전혀 긴장하지 않고 의자를 최대한 뒤로 젖힌 채 여유를 즐기고 있었다.

"난리가 났을 때 장비 소대장님 있어서 얼마나 다행입니까. 그나저나 오늘은 귀찮다는 말씀 안 하십니다?"

정비 소대장인 추정우 상사가 능글맞게 웃으며 대꾸하자 류승진도 웃으며 말했다.

"이런 날에는 귀찮아하면 안 되지. 그리고 어차피 일은 네가 다 할 텐데 내가 귀찮을 게 뭐 있냐?"

"하핫, 현장도 모르면서 어떻게 그리 장담하십니까."

"딱 들으면 알지. 산길이 산사태에 묻혔는데 당연히 네가 필요하지 않겠냐."

두 사람이 담당하고 있는 장비는 각각 굴삭기와 페이로다로 토사물을 정리하는 건 똑같았지만 그 범위가 달랐다.

굴삭기가 숟가락이라면 페이로다는 바가지랄까.

대한이 듣기에도 전방을 밀며 토사물을 치울 수 있는 페이로다가 더욱 필요해 보였다.

하지만 추정우가 류승우의 말을 비웃으며 받아쳤다.

"파병지에서 그렇게 당해 놓고 또 말씀 편하게 하시네. 나중에 뒤처리 빡세게 하지 마시고 일찍부터 잘 도와주십쇼."

"정우야…… 지금 파병이야기하지 마라. 남수단 날씨가 딱 이랬다."

"느낌이 어째 쌔하십니까? 이게 다 장비 소대장님이 자초하신 일입니다."

대한은 두 사람의 대화에 조용히 웃음을 흘렸다.

장비를 제일 잘 다룬다는 두 사람의 대화를 듣고 있자니 무수한 전쟁을 경험한 군인들이 이런 모습일까 하는 생각이 들어서였다.

현장이 어떻든지 본인들의 실력이라면 모든 걸 해결할 자신이 있었으니까 저리 편하게 말할 수 있는 것일 터.

그때, 추정우가 대한에게 말했다.

"소대장님? 이런 현장은 처음 나가 보시지 않습니까?"

"아, 예. 처음 가 봅니다."

"좋은 경험하시겠네. 어차피 장교시니까 장비는 안타도 이런 거 기억 잘해 두면 도움 많이 되실 겁니다."

"하하, 잘 보고 잘 기억해 두겠습니다."

"뭐, 소대장님이야 소문이 워낙 많이 들려서 잘하실 것 같다만…… 혹시나 해서 말씀드리는 건데 장비 근처로 오시면 안 됩니다. 특히 이런 비 오는 날엔."

추정우는 대한에게 관심이 있는 듯 했다.

그도 그럴 게 장교, 부사관, 병사 가리지 않고 대한의 이야기가 나오고 있었으니까.

그리고 그 관심이 나쁜 관심은 아닌 것이 얼핏 들으면 경고처럼 들렸지만 명백히 걱정을 해 주고 있었다.

대한이 웃으며 속으로 생각했다.

'저 오지랖은 여전하네. 그래도 오랜만에 들으니까 정겹다.'

보통은 소문이 들려도 말을 안 하는 게 정상이었지만, 추정우는 달랐다.

재미있어 보이는 일이면 일단 다가가고 봤으니까.

쉽게 말해 동네 아저씨 같은 사람.

대한이 말했다.

"안 그래도 조심하기 위해서 방탄도 챙겨 왔습니다. 그래도 최대한 장비 근처에는 안 가고 주변 통제만 하겠습니다. 걱정하지 마십쇼."

"이야, 방탄 챙기셨습니까? 안 챙기셨을 줄 알았더니…… 확실히 센스가 있으시네."

훈련도 아닌 상황이었기에 방탄을 챙겨 오라는 말은 아무도 하지 않았다.

하지만 대한은 간부 연구실에 들러 우의와 함께 방탄을 챙겼다.

이런 현장에서 방탄은 안전모와 같은 역할을 해 주었으니까.

'짬이 있는데 이런 건 작업의 기본이지.'

어떤 작업이냐에 따라 방탄과 정글모로 나뉘긴 했지만 지금은 무조건 방탄이었다.

두 사람의 대화를 듣고 있던 류승진이 흥미롭다는 듯 입을 열었다.

"소대장님, 담배 태워요?"

"아, 안 태웁니다."

"……아깝네."

류승진은 아쉽다는 듯 혀를 차고는 고개를 돌려 창밖을 바라봤다.

그의 마음에 들 뻔했다는 걸 느낀 대한은 양쪽 건빵주머니에 손을 집어넣어 무언갈 꺼내 들었다.

"안 태우지만 항상 들고 다닙니다. 혹시 몰라서."

대한이 씨익 웃으며 류승진을 바라봤다.

그러자 류승진은 추정우와 눈빛을 교환했고 눈을 가늘게 뜨며 손에 들린 담배를 쳐다봤다.

"……향담배네."

그 말에 대한은 반대 손도 들어 보였다.

"아닌 것도 있습니다. 담배 안 챙겨 왔으면 드립니까?"

류승진은 대한을 빤히 쳐다보다가 피식 웃으며 답했다.

"담배가 딱 떨어질 것 같아서 물어봤는데⋯⋯ 재밌으신 분이네."

"안 챙기려다가 혹시나 담배 부족하실 것 같아서 챙겨 왔는데 다행입니다."

대한은 능청스럽게 담배를 류승진에게 주었다.

류승진은 작업 가서 담배를 수시로 피우는 습관이 있었다.

평소에는 잘 피우지도 않다가 굴삭기에만 앉으면 담배 불이 꺼지는 시간이 없었다.

인생은 타이밍이라고 원래 담배와 라이터를 들고 다녔기에 이렇게 류승진에게 호감을 산 것.

'최고급 기술자의 호감을 담배 한 갑으로 살 수 있으면 엄청 싸게 먹히는 거지.'

그렇게 지원 중대 간부들에게 점수를 따는 사이, 대한과 지원 중대 소대장들이 타고 있는 승합차가 현장에 도착했다.

그리고 현장의 모습이 창문으로 보이자⋯⋯.

"⋯⋯심하네."

웃음이 끊이지 않던 차 안에 침묵이 흘렀다.

현장은 끔찍했다.

산을 오르는 포장도로가 있어야 할 곳에는 엄청난 토사물이 뒤덮여 있었으며 간부들 모두 입구를 추정할 뿐이었다.

대한이 지원 중대 간부들에게 조심스레 물었다.

"⋯⋯심각한 거 아닙니까?"

"심각합니다. 대충 가늠은 하고 있었는데 이 정도로 쓸려 내려왔을 거라곤 생각지도 못했습니다."

추정우가 얼굴에 있던 장난기를 싹 털어 버리며 대한에게 말했다.

현장을 빤히 쳐다보던 류승진은 한숨과 함께 차 문을 열었다.

동시에 비바람이 몰아치며 차 안으로 들어왔지만 조금도 신경 쓰지 않고 입을 열었다.

"빨리 나와. 어떻게 할지 보자. 이 위에 사람 있다며."

"아, 예."

두 사람이 차에서 내리자 대한도 차에서 내려 뒤를 따랐다.

입구의 토사물은 1미터가 넘게 쌓여있었고 그 사이사이 섞여 있는 부러진 나무와 거대한 돌들이 산사태의 위력을 가늠케 했다.

'들은 것보다 훨씬 더 심각하네.'

심지어 이것으로 피해가 끝이 아닐 수도 있었다.

그러나 그중에서 가장 심각한 건 산 중턱에 살고 계시다는 한 노인.

연락이 안 된다는 말에 최대한 빠르게 출동하긴 했지만 상황을 보아하니 연락이 안 되는 것은 당연했다.

생사 확인이 시급한 상황.

다들 대한과 생각이 같은지 류승진이 추정우에게 심각한 목소리로 말했다.

"장비 언제 도착하는지 연락해 봐. 최대한 빨리 오라고 해라."

"예, 알겠습니다."

"그리고 오늘 퇴근할 생각은 버려야겠네."

하루 이틀 정도야 퇴근하지 않고 작업하는 건 일도 아니었다.

진짜 문제는 하루 가지고 충분하냐는 것.

대한이 봐도 하루 만에는 무리였다.

'실력자가 한 명 더 있으면 모를 일이겠지만……'

대한은 조용히 차로 돌아가 휴대폰을 꺼냈다.

※

박희재는 여진수와 지휘 통제실에서 상급부대와 영천 시청의 전화를 받느라 정신이 없었다.

영천 시청이야 걱정하며 도와줄 게 없냐고 물어보는 것이었기에 다행이었지만…….

"충성, 대대장입니다."

─야, 희재야. 밖에 날씨 안 보여? 그냥 철수시켜, 날씨 조금만 좋아지면 단 인원들도 같이 출동시킬 테니까.

일단 가장 가까운 상급부대인 이원영은 박희재에게 거의 빌

다시피 부탁하는 중이었다.

상급자와 하급자가 아니었다.

이원영은 동기이자 친구의 군 생활을 진심으로 걱정하는 중이었다.

─너 진짜 이러다 옷 벗어 자식아. 사고 나면 어쩌려고 그래? 상급부대에서도 너 출동했다는 거 알고 다 철수하라고 난리다.

"어차피 벗을 옷, 조금 일찍 벗으면 어떠냐? 그리고 우리 간부들 다 잘하는 거 알고 있잖아. 사고 안나. 걱정하지 마."

─주둔지에 같이 있는데 그 친구들 실력이야 나도 잘 알지. 그래도 혹시 모르잖아. 너 지금 사고 나면 명령불복종부터 시작해서 싹 다 뒤집어쓴다. 모르는 거 아니잖아?

"원영아."

박희재는 이원영의 이름을 나지막이 불렀다.

그러자 옆에서 기상을 확인하던 여진수가 놀란 눈초리로 박희재를 쳐다봤다.

그도 그럴 게 서로 아무리 막말하더라도 이름을 부른 적은 없었으니까.

─……말해.

이원영도 박희재가 이름을 부르는 것에 위화감을 느꼈는지 말리던 것을 멈추고 대답했다.

"매번 네 말 안 듣고 고집부려서 미안하긴 한데 넌 위에서 반대하는 게 맞다고 생각하냐?"

—무슨 소리야.

　박희재는 한숨을 깊게 내쉬고는 말을 이었다.

　"사람 생사가 확인 안 된다는데 그냥 철수하라는 게 맞는 거냐고."

　—위험하니까 그러지!

　"알지, 위험한 거 누가 몰라? 근데…… 그렇게 위험한 상황이니까 우리가 가야 하는 거 아니냐?"

　—위험하다는 거 안 다면서 자꾸 뭔 소리야.

　"그런 상황에서 제대로 일 할 수 있는 사람, 우리뿐이라고."

　박희재에 말에 이원영은 더 이상 아무런 말도 하지 못했다. 동시에 설득하겠다는 생각도 사라졌다.

　솔직히 말해서 좀 부끄러웠다.

　그가 생각하기에도 이건 전혀 군인답지 못한 모습이었으니까.

　다른 직업도 위험을 감수하는 건 마찬가지겠지만 군인이야말로 목숨을 걸고 하는 일.

　그런데 위험하다고 일을 하지 않는다니? 심지어 생명이 걸렸는데?

　군복을 입고 있는 것이 코스프레를 위한 것이 아닌 이상 박희재의 말이 맞았다.

　두 사람 사이에 얼마간의 침묵이 흘렀고 얼마 뒤, 이원영이 입을 열었다.

—지원해 줘야 할 거 있냐.

　"……그 말 안 했으면 실망할 뻔했다."

　—미안하다. 생각이 짧았다.

　"그럴 수도 있지. 쌓아 놓은 게 나보다 좀 많냐."

　박희재의 말처럼 이원영은 이 상황에서 본인의 안위부터 걱정했다.

　그래서 부끄러웠다.

　육사 출신으로 항상 군인에 대한 자부심 가득했던 자신인데 이번만큼은 스스로에게 고개 들기가 힘들었다.

　그렇기에 뒤늦게나마 박희재에게 고마움을 느꼈다.

　박희재가 아니었다면 자부심 가득했던 자신의 군 생활에 정신적으로 큰 오점을 남길 뻔했으니까.

　—부끄럽구만.

　"됐고, 지원은 필요 없으니 애들 복귀하면 술이나 한잔하자. 물론 네가 사는 걸로."

　—그래, 상급부대가 지랄하는 건 내가 열심히 막아 볼게.

　"육사 인맥 잘 써 봐. 짱짱하신 선배들 많잖아."

　—야, 그 선배들이 난리 나서 지금 연락오고 있는 거야. 일단 끊어. 전화 들어온다. 뭔 일 있으면 바로 보고하고.

　"예예, 고생하십쇼."

　두 사람이 전화를 끊자 박희재는 여진수에게 말했다.

　"반말한 건 못 들은 거로 해라."

"예? 무슨 말씀하셨습니까? 죄송합니다. 집중하느라 못 들었습니다."

여진수가 호들갑을 떨자 박희재가 피식 웃으며 말했다.

"어째 너도 대한이를 닮아 가는 것 같다?"

"에이, 닮아 가다니요. 저도 소령 달기 전까진 김 소위처럼 군 생활했었습니다."

"그래, 그러니까 소령 진급했겠지."

가벼운 농담으로 한숨을 돌린 박희재가 이어서 여진수에게 물었다.

"다른 곳에서 뭐 연락 온 거 있나?"

"시청 쪽은 저희 연락만 기다리는 중이고 소방서에 협조 요청한 건 아까 답변 왔습니다. 그런데 그쪽도 이미 다른 곳에 다 출동 나가서 출동나간 곳 지원이 끝나야 이리로 올 수 있다고 했습니다. 상황을 들어 보니 침수 피해 입은 분들 구조 활동에 집중해야 할 것 같아 유의미한 지원은 불가능할 것 같습니다."

화재 때만 소방관이 출동하는 건 아니었다.

인명구조에도 가장 먼저 출동을 해야 했고 군부대에 요청한 것 자체가 소방 쪽에도 이미 인력이 부족하다는 것.

그렇기에 박희재와 여진수는 민간의 지원을 기대하지 않기로 했다.

있으면 좋겠지만 없어도 충분히 해결할 수 있을 거라고 생각했으니까.

"애들 보고 들어온 건 없지?"

"예, 대대장님이 출발하기 전에 내리셨던 명령을 너무 잘 지키는 것 같습니다."

"허허, 괜히 복귀 보고만 하라고 했나…… 소식이 좀 궁금하네."

"무소식이 희소식 아니겠습니까. 궁금하시면 현장 점검 다녀오시겠습니까? 제가 상황대기 하고 있겠습니다."

"아니야, 애들 괜히 신경 쓴다."

박희재와 여진수는 출동 인원들을 굳게 믿고 있었고 빨리 끝내고 돌아오기만을 고대하고 있었다.

하지만 애석하게도 현장은 그리 좋은 상황이 아니었다.

✳

대한은 빠르게 현장 정리를 도왔다.

류승진과 추정우는 각자 굴삭기와 페이로다에 탑승했고, 곧장 산사태의 토사물이 쌓여 있는 곳으로 이동했다.

두 사람은 짧은 회의를 통해 페이로다를 먼저 작동시키기로 했다.

주로 많은 양의 자재들을 덤프에 싣거나 바닥 평탄화, 일명 '나라시'에 특화된 장비였기에 지금 상황에 맞다고 판단한 것.

추정우가 탄 페이로다는 굉음을 토해내며 흙을 퍼 나르기 시작했다.

대한은 그 모습을 잠시 지켜보던 끝에 고개를 내저었다.

'처음이야 빠른 것 같지만 저것도 얼마 못 가서 멈춰야겠네.'

무작정 밀고 올라가는 것이 아니었다.

앞에 달린 커다란 버킷 용량이 가득차면 뒤로 돌아와 버리는 시간이 필요했고, 이는 점점 비효율적으로 변할 것이다.

옆으로 토사물을 치울 수도 있겠지만 그리 하면 내리는 비에 다시 산사태가 일어날 수도 있어 위험했다.

그러니 이 날씨에 토사물을 주변으로 치워 놓는 건 별로 의미가 없는 일.

추정우는 산 초입부를 정리한 뒤 페이로다의 시동을 끄고 내려와 대한과 간부들이 모여 있는 곳으로 다가왔다.

"생각보다 작업이 오래 걸릴 것 같습니다. 퍼낼 곳도 마땅치 않아서…….."

답답한지 한숨을 푹 내쉬며 말했다. 그도 그럴 게 아직 나아 갈 곳이 한참 남았으니까.

초입부를 정리한 것은 그야말로 준비였다. 그때, 류승진이 가만히 산을 보다가 몸을 움직였다.

"내가 해 볼게."

"예? 뭘 어떻게 하신…….."

"뒤에서 정리나 잘해."

그대로 굴삭기에 몸을 올린 류승진은 바로 담배를 꺼내 입에 물었다.

　그런 다음 거침없이 초입부를 지나 경사를 올라갔고 굴삭기의 버켓을 조정해 길로 추정되는 곳의 중앙을 퍼 올리고는 뒤로 던져 버렸다.

　"아, 저렇게 하신다고…… 괜찮겠네. 모두 멀리 떨어져 계십쇼. 잘못하면 튈 수도 있습니다."

　추정우는 간부에게 경고를 한 뒤 다시 페이로다에 몸을 올렸다. 그리고 퍼낸 토사물을 정리하며 길을 깔끔하게 만들기 시작했다.

　대한은 굴삭기의 움직임을 보며 감탄을 금치 못했다.

　"와…… 중대장님. 굴삭기가 아니라 꼭 사람이 하는 것 같습니다."

　"기가 막히지? 굴삭기 하나는 전 군에서도 손꼽히신다더라. 봐라. 굴삭기가 멈출 생각을 안 하잖냐."

　저렇게 커다란 기계에서 부드러움을 느끼다니.

　간부들이 류승진의 실력을 감탄하는 것도 잠시, 경사를 올라가던 굴삭기가 휘청거리기 시작했다.

　"어어? 저거 위험한 거 아닙니까?"

　"그, 글쎄? 위험하시면 내려오시지 않았을까……?"

　"류 원사님이 말씀이십니까?"

　"잠시만."

　같은 공병이라고 해서 굴삭기를 완벽하게 아는 것은 아니었다. 중대 장비로 보유해 봤으면 모를까 굴삭기를 가진 중대는 드물었으니까.

당연히 경험하지 못했고 이는 이영훈도 마찬가지.

이영훈은 옆에서 심각하게 상황을 지켜보는 지원 중대장에게 다가가 조심스레 질문했고 고개를 몇 번 끄덕인 뒤 다시 대한에게 돌아와 말했다.

"지금 지반이 안 좋아서 휘청거리는 거래."

"그럼 위험한 거 아닙니까?"

"그렇지?"

"그래도 작업 계속합니까?"

"류승진 원사가 시작하면 그냥 보고 있는 거라더라. 위험하면 알아서 내려올 거래."

류승진과 추정우가 지원 중대 소속임에도 지원 중대장에게 따로 보고안 하는 이유.

어차피 본인들의 판단이 제일 정확했고 위험하다면 어련히 가장 먼저 철수할 터.

지원 중대장도 그 사실을 잘 알고 있었기에 그저 지켜볼 뿐이었다.

그렇게 굴삭기가 휘청거리기를 몇십 분, 굴삭기가 버켓의 방향을 바꿔 천천히 내려오기 시작했다.

'뭐지, 쉬는 시간인가?'

잠시 뒤, 류승진은 원래 있던 자리에 굴삭기를 정지시켜 두고는 하차했다.

그리고 그 답지 않은 심각한 얼굴로 말을 잇기 시작했다.

"위에 포장도로가 아니네요. 휠이 아닌 크롤러가 필요합니다."

굴삭기의 바퀴에는 두 가지 종류가 있었다.

차량처럼 바퀴가 달린 휠 이라는 방식과 탱크에 있는 바퀴처럼 생긴 크롤러라는 방식.

지반에 따라 작업에 용이한 점이 달랐다.

문제는 휠 방식으로 가져온 굴삭기가 비가 잔뜩 내려 진흙 같아진 비포장도로에서 작업을 하기 위험해진 것.

그러니 크롤러 방식인 굴삭기로 교체가 필요했다.

하지만…….

"지금 크롤러 굴삭기가 수리 중이어서 가용이 불가합니다."

부대에 가서 들고 올 수 있는 것도 아니었다.

위험을 감수하고 작업을 하든지 철수를 할 수밖에 없었다.

모든 간부가 류승진의 답변을 기다리는 그때, 대한이 입을 열었다.

"곧 장비 지원 올 겁니다."

대한은 크롤러 굴삭기가 없다는 사실을 이미 알고 있었다.

물론 직접 확인해 본 것은 아니었지만 기억에는 남아 있었으니까.

'크롤러 굴삭기만 있었으면 훨씬 빨리 끝냈을 거라고 했었지.'

지금이야 철수를 고민하고 있지만 당시의 류승진은 결국 굴삭기를 다시 몰았다. 그리고 많은 시간을 들여 땅을 모두 다져 가며 경사를 올랐다.

이 일은 자신이 아니면 할 수 없다고 생각했기 때문에 비효율적인 방식이었음에도 작업을 감행한 것.

그래서 아쉬웠다.

장비만 충분했다면 그 고생을 할 필요가 없었으니까.

그래서 이번엔 장비를 구해다 주기로 했다.

호랑이한테 날개만 달아 주면 알아서 휩쓸고 다닐 테니.

이영훈이 말했다.

"무슨 소리야? 부대에 있는 장비 다 들고 나왔는데 지원 올 장비가 어디 있다고?"

"부대 장비 말고 사제 장비입니다. 저희 동네 주민이신데 상황을 말씀드리고 도와달라고 하니 선뜻 도와주신다고 하셨습니다."

그 말에 이영훈의 미간이 좁아졌다.

"류 원사님도 지금 하다가 내려오셨는데 무슨 도움을 주시겠다는 거야?"

"건설 현장에서 굴삭기 타시는 분입니다. 개인 굴삭기도 들고 오신답니다."

그 말에 모든 간부들의 시선이 대한에게로 꽂혔다.

특히 류승진이 놀란 눈초리로 고개를 끄덕였다.

"건설현장이면 휠이 아니라 크롤러일 테고…… 오시면 크게 도움 되겠는데?"

위이잉!

그때였다.

대한의 폰이 울린 건.

명춘식이었다.

"예, 아저씨."

─어, 대한아. 오랜만이다. 잘 지냈나?

"그럼요. 전 늘 잘 지내죠. 아저씨는 어디쯤이세요? 네, 네, 네, 그럼 이따 뵙겠습니다."

통화를 마친 대한이 말했다.

"거의 다 오셨다네요."

"벌써?"

"빠르네."

"감탄하고 있을 때가 아닙니다들, 트레일러 들어올 것 같으니까 얼른 공간 확보하고 차량들 좀 다 치우죠."

계급을 떠나서 이 현장에서 만큼은 류승진의 말을 따라야 했다.

대한을 포함한 장비를 타지 않는 간부들은 그야말로 보조 일꾼에 불과했으니까.

대한은 서둘러 타고 온 승합차를 옮겨 주차했고 이영훈도 장비를 싣고 온 차를 옮기고는 대한에게 다가왔다.

"언제 또 그런 지인을 불렀냐? 그런 거 있으면 형한테 미리 말 좀 해 줘라. 일 할 때마다 놀라서 심장이 남아나질 않는다."

"하하, 오늘 못 오실 줄 알고 말씀 안 드렸습니다. 조금 전에 가능하시다고 말씀 주셔서 보고 타이밍이 좀 늦었습니다. 죄송합니다."

"음, 뭐 그럴 수도 있지, 죄송할 것까지야. 사실 난 이런 거 보고 안 해도 상관없어. 결과만 좋으면 되는 거지. 안 그래?"

"과정도 중요하지만 결과로 이야기하는 게 군인 아니겠습니까."

과정이 아무리 좋아도 결과가 안 좋으면 인정을 못 받는 곳이 바로 군대.

심지어 결과도 성공 아니면 실패인 상황에서 결과가 안 좋으면 몹시 곤란했다. 실패라는 결과로 과정을 증명할 순 없었으니까.

"역시…… 누구 밑에 있는지 모르겠지만 군 생활 잘 배웠네."

이영훈이 대한의 방탄을 툭 치며 웃었다.

대한은 웃으며 방탄을 고쳐 썼고 잠시 뒤, 빗소리를 뚫고 트레일러 한 대가 등장했다.

명춘식이었다.

빡빡머리의 깍두기 같은 남자.

그가 트레일러에서 내리자 대한이 곧장 다가가 인사했다.

"안녕하세요! 아저씨, 오랜만에 뵙습니다."

"이야…… 동네 꼬맹이가 언제 이렇게 쏘가리로 진화했냐."

명춘식은 트레일러에서 내려 대한을 위아래로 훑어보며 신기하다는 듯 말했다. 그리고 손을 내밀어 악수를 했다.

"이런 날씨에도 작업 나오다니 고생이 많다. 휴가 나오면 연락해라 아저씨가 고기 사 줄게. 아, 정식이도 같이."

"예, 꼭 연락드리겠습니다. 이렇게 와 주셔서 감사합니다."

"감사는 무슨, 다 돈 벌자고 하는 건데 그나저나 난 뭐 하면 되냐? 네가 오라고 해서 일단 오긴 왔다만."

"사람 구해야 합니다."

"뭐? 작업하라고 부른 거 아녔어?"

"저기 산 위에 연락 안 되는 어르신이 한 분 계십니다. 그래서 아저씨를 부른 겁니다."

대한의 말을 들은 명춘식은 산사태로 엉망인 산을 쳐다봤다.

"그래서 최대한 빨리 와 달라고 했구만. 일단 장비 좀 내리고 다시 이야기하자."

명춘식은 트레일러 뒤에 적재해 온 굴삭기를 내리기 위해 이동했다.

그사이 류승진을 포함한 간부들이 대한에게 다가왔다.

"저 분이 오시기로 한 분입니까?"

"예, 그렇습니다. 굴삭기 내리시면 작업 어떻게 할지 대화 나

누시면 될 것 같습니다."

류승진은 명춘식의 굴삭기를 유심히 보더니 이내 곧 만족스러운 표정을 지었다.

"작은 거 들고 올 줄 알았더만 진짜 현장에서 쓰는 걸 가지고 오셨네. 좋습니다."

그의 말을 듣고 보니 명춘식의 굴삭기가 훨씬 더 커 보였다.

크기에 비례해서 버켓의 용량도 어마어마했고 작업의 속도는 걱정을 안 해도 될 것 같았다.

또 가장 필요한 크롤러 타입의 바퀴였다.

누군가는 말할 것이다.

이럴 때를 대비해서 처음부터 크롤러 타입을 준비해 두면 되지 않냐고.

하지만 부대에서 크롤러 타입을 잘 사용하지 않는 이유는 노면의 손상 때문이었다.

철제 크롤러가 바닥을 훑고 지나가면 노면이 크게 손상이 되어 아스팔트를 다시 깔아야 하는 대참사가 일어날 수도 있었으니까.

하지만 건설 현장에서는 노면 손상을 신경 쓸 필요가 없었고 당연히 크롤러 타입으로 일을 하는 것이 더 효율적.

그래서 딱히 크롤러 타입을 준비해 두지 않는 것이다.

잠시 후, 트레일러에서 굴삭기를 내린 명춘식이 간부들 앞으로 왔다.

"명춘식입니다. 뭐부터 하면 됩니까?"

"길만 빠르게 뚫어 주십쇼. 길 주위로 흙 쌓지 마시고 뒤로 다 보내놓으시면 저희가 알아서 치우겠습니다."

"아, 정리 안 해도 된다고? 그럼 편하지. 좋습니다. 순식간에 뚫어 드리죠."

명춘식이 타고 있는 굴삭기가 산으로 거칠게 이동하기 시작하자 류승진과 추정우도 서둘러 각자의 장비에 탑승했다.

대한은 그들이 작업을 시작함과 동시에 금방 올라갈 수 있겠다는 생각이 들었다.

'확실히 어떤 분야든 장비가 중요해.'

비용도 중요하긴 했지만 여유가 된다면 무조건 장비를 쓰는 게 맞았다. 인간은 도구의 효율을 이길 수 없었으니까.

그 증거로, 현장은 새로운 장비의 추가로 빠르게 작업 속도가 붙기 시작했다.

그러기를 얼마간, 명춘식이 몰고 있는 굴삭기가 좀처럼 전진하지 못했다.

이영훈이 고개를 기울이며 현장을 유심히 살폈다.

"왜 저러지? 나무 때문인가?"

"아무래도 그런 것 같습니다. 걸리적거리는 게 많아서 전진이 힘들어 보입니다."

쓰러진 나무와 커다란 돌들이 작업을 방해하는 듯했다.

물론 철저하게 준비된 현장이 아니었기에 이 정도는 사소한

일.

문제는 시간이었는데 폭우가 쏟아진 지 꽤 시간이 지났다.

그렇기에 언제 산사태가 일어난 지 몰라 어르신이 얼마나 고립되어 있는지 가늠조차 못 했다.

한시가 급한 상황.

모두가 불안한 눈빛으로 명춘식의 굴삭기를 쳐다보고 있을 때였다.

삐이이익!

뒤에서 토사물을 정리하던 류승진이 굴삭기의 크락션을 울리고 굴삭기에서 내렸다.

그런 다음 명춘식에게 다가가 외쳤다.

"저랑 교대합시다!"

"예? 그게 무슨 소립니까?"

"뒤에서 정리 좀 부탁드리겠습니다."

자세한 설명은 없었다.

명춘식은 당황한 나머지 아무 말도 하지 못했다.

그러자 류승진은 명춘식의 어깨를 잡아당기며 말했다.

"미안합니다. 일단 바꿔 주십쇼."

"이, 이게 무슨……."

그렇게 의자에서 엉덩이가 떨어진 명춘식이 굴삭기에서 내려오자 류승진이 자연스럽게 굴삭기를 차지했다.

그러고는 손을 까딱거리며 말했다.

"위험하니까 멀리 떨어져서 따라오십쇼."

말이 끝나기 무섭게 주머니에서 담배를 꺼내 물었고 명춘식은 멍하니 그 모습을 보고 있었다.

"뭐합니까? 굴삭기 처음 뺏겨 본 사람처럼. 빨리 뒤에 굴삭기 잡으십쇼. 이미 시간 많이 지나서 위험합니다."

굴삭기를 뺏겨 본 경험이 있는 게 더 이상한 거 아닌가?

명춘식은 류승진의 말에 좀 당황하였으나 위험하다는 말에 정신을 차리고 서둘러 이동했다.

지금은 한시가 급했으니까.

명춘식이 떠난 뒤, 주위에 아무것도 없는 것을 확인한 류승진이 담배를 깊게 한 모금 빨아들이며 중얼였다.

"쓰읍, 후…… 오랜만에 몸 좀 풀어봐야겠네."

자신이 어디 장비가 없었지 실력이 없었던가?

이내 굴삭기가 움직였고 멀리서 지켜보던 대한과 간부들은 감탄하기 시작했다.

"오, 나무들을 그냥 다 찍어 부수고 있습니다."

"그냥 뒤로 뿌려 버리시는데?"

"역시 류 원사님. 짬바 어디 안 가신다니까."

말 그대로였다.

류승진은 길을 막던 나무와 돌들을 큰 버켓으로 찍어 버렸다.

그러자 적당히 옮기기 쉬운 크기로 파괴되었고 그걸 버켓에 담고는 뒤로 흩뿌렸다.

곱게 뒤에 쌓아 두던 명춘식과는 전혀 다른 방식이었다.

작업 속도도 류승진이 압도적으로 빨랐다.

명춘식은 뒤에 따라가며 그 모습을 지켜봤고 그의 반응도 간부들과 크게 다르지 않았다.

'이야…… 현장은 내가 더 오래 굴렀을 것 같은데 나보다 더 잘하네?'

명춘식은 절대 남에게 장비를 빌려주는 사람이 아니었다.

아니, 명춘식뿐만이 아니라 다른 사람들도 마찬가지였다.

괜히 빌려줬다가 고가의 장비들이 고장이라도 나면 큰일이었으니까.

하지만 이번에는 빌려주었다.

행여나 장비가 고장 나더라도 얼굴 붉히지 않을 각오로.

이유는 간단했다.

'대한이 면도 있고 사람도 고립돼 있는데 이왕 온 거 확실히 도와줘야지.'

비록 일당을 받는 작업이었지만 그래도 도움은 맞았다.

이런 날씨에 선뜻 나올 사람이 몇이나 있겠는가.

그런데 걱정과는 달리 류승진이 굴삭기를 너무 잘 다뤘다.

'달인이네, 달인.'

레전드를 실제로 보고 있었다.

이제 더 이상 굴삭기에 대해 배움이 필요 없다고 생각한 명춘식이 보고 감탄할 정도로.

이윽고 류승진에게 자극받은 명춘식이 그의 속도에 뒤처지지 않기 위해 최선을 다해 뒤따라 붙기 시작했다.

그리고 뒤에서 그 모습을 지켜보면 대한은 수시로 시간을 확인하며 생각했다.

'굴삭기가 주인을 찾아서 다행이네. 이 속도면 길어야 1시간 안에 목표 지점까지 갈 수 있겠어.'

작업을 지켜보던 대한이 비를 피해 차량으로 이동한 다음 여진수에게 전화를 걸었다.

"충성! 과장님, 혹시 지금 통화 괜찮으십니까?"

─어, 대한아 말해라.

"영천시에서 어르신 한 분이 연락 안 된다고 한 게 정확히 언제쯤인지 아십니까?"

─한 4시간 전? 그건 왜?

"4시간…… 일단 1시간 정도 뒤에 목표 지점까지 개척할 수 있을 것으로 보입니다. 그래서 말인데 시간이 많이 지났으니 구급차 한 대만 대기 부탁드리겠습니다."

─이렇게 빨리? 역시 류승진 원사가 다 하고 있겠구만.

"디테일이 좀 빠지긴 했는데 대략적으로 그렇습니다. 자세한 건 복귀해서 말씀드리겠습니다."

─알겠다. 일단 구급차 지원 바로 할게. 더 필요한 건?

"없습니다."

로켓부터
장군까지

-일과 끝나기 전에 볼 수 있냐.

"가능할 것 같습니다."

대한의 말을 들은 여진수는 통화를 종료했다.

다른 사람의 보고는 안 들어도 됐다. 그는 이미 대한을 중대 장급 이상의 인력으로 생각하고 있었으니까.

통화가 종료된 뒤 박희재가 여진수에게 물었다.

"대한이냐?"

"예, 1시간 안으로 개척 완료할 것 같다고 구급차 지원 요청 해 왔습니다."

"바로 구급차 협조해 봐."

"안 그래도 소방서에 대기해 달라고 미리 말해 놓은 상태입 니다."

"이야…… 부대에 믿을 놈들이 이렇게 많다니. 말년에 복 받 았어."

박희재는 부하들의 센스에 감탄하며 전화기를 들어 이원영에 게 연락했다.

"욕 많이 먹고 있냐?"

-너랑 전화 끊고 얼마 안 돼서 전화선 뽑아 버렸다.

"잘했어. 이제 연결해도 될 것 같아. 1시간 안에 개척 완료한 다네."

-벌써? 알겠다. 보고해 줘서 감사합니다. 대대장님.

"아닙니다. 단장님. 보고는 당연한 거 아니겠습니까?"

─그걸 아시는 사람인 줄은 몰랐습니다만…… 아무튼 마저 고생하시고 좀 있다 애들 복귀하면 그때 또 봅시다.

"예, 충성."

이원영에게 보고가 아닌 통보를 한 뒤 시계를 확인했다.

"여기서 현장까지 얼마나 걸리지?"

"날씨를 고려한다면 약 20분 정도 소모될 것으로 예상됩니다."

"잠깐 다녀와도 괜찮겠지?"

"예, 상황은 제가 유지하고 있겠습니다. 그나저나 출동 안 하신다고……."

"개인 차로 다녀올게. 보고 하지 말라고 했지, 방문 안 한다고 하진 않았어."

"예, 알겠습니다. 충성!"

마음 같아서는 멋있게 상황을 유지하면서 기다리고 싶었지만……

'난 현장에 맞는 사람이야.'

박희재가 입가에 미소를 잔뜩 머금은 채 지휘 통제실을 벗어났다.

✷

진급 못하는 것에는 다 이유가 있는 법.

영관급 장교부터는 현장에서 훈련받는 것보다 행정 업무가 더 중요했다.

하지만 사무실에서 행정 업무나 작전을 짜고 지휘나 하는 건 박희재의 성격에 맞지 않았기에 박희재는 자잘한 것들은 싹 다 무시하고 훈련에만 매달렸다.

그래서 그를 경험한 지휘관들의 평가는 한결같았다.

전쟁 났을 때 필요한 군인.

군인으로서 받은 평가로는 아주 우수한 평가였다.

문제는 지금이 평시라는 것.

다시 말해 전시가 아닐 때는 별로 쓸모가 없다는 말.

이는 박희재도 아는 사실이었기에 진급 같은 건 진작에 포기하고 중령에서 만족하고 있었다.

지금도 그랬다.

부하들을 믿긴 했지만 그래도 현장에서 부하들이 보지 못하는 것들이 있을까 싶어 한걸음에 달려가는 중이었다.

20분이나 차를 몰고 현장에 도착하자 본인의 차를 알아본 간부들이 바로 경례를 올렸다.

"대대장님께 대하여 경례! 충! 성!"

"충! 성!"

박희재는 차 안에서 손을 흔들어 준 뒤 우산을 펼치며 차에서 내렸다.

대한은 자연스럽게 우산을 받아들며 박희재의 옆에 섰고 지원 중대장이 상황 보고를 실시하려고 했다.

"현재 진행 상황으로써……."

"됐어, 보고 받으려고 온 거 아니야. 그냥 보러 왔으니까 신경 쓰지 마."

"예, 알겠습니다."

"쭉쭉 치고 나갔나 보네, 역시 류 원사야."

참담한 현장이었지만 한 사람의 존재감이 모두를 웃음 짓게 했다.

그때, 박희재의 눈에 처음 보는 굴삭기와 트레일러가 보였다.

"저건 뭐야? 우리 부대 장비가 아닌 것 같은데?"

멀리서도 알아볼 수밖에 없었다.

군대 장비 아니랄까 봐 온통 국방색으로 칠해져 있는 굴삭기 앞에 웬 커다랗고 노란 굴삭기 한 대가 토사물을 공중에 뿌려 대고 있었으니까.

박희재의 물음에 중대장들이 자연스럽게 대한을 쳐다봤고 대한은 어쩔 수 없다는 듯 박희재에게 대표로 보고했다.

"제가 상황을 말씀드리고 부른 지인입니다. 직접 장비를 들고 도우러 와 주셨고, 건설현장에서 몇십 년 일하신 베테랑 굴삭기 기사이십니다."

"장비를 직접 가지고 오셨다고? 트레일러에 싣고 오신 것 같은데 저런 분들은 일당이 어마어마할 텐데 대한이 네 요청 한

방에 이 폭우를 뚫고 직접 오셨단 말이야?"

박희재는 대한을 의심스러운 눈초리로 쳐다봤다.

사실 현장에 있던 간부들이야 상황이 급박한 것을 알았기에 대한의 말을 별로 이상하게 여기지 않았지만 이제 막 현장에 온 박희재는 뭔가 이상하다는 느낌을 지울 수가 없었다.

역시 대대장이었다.

'하긴 도착한 시간도 너무 빨랐고 일당 이야기를 쏙 빼놓고 하니 납득이 안 가는 거겠지.'

그래서일까?

박희재의 말에 그제야 다른 간부들도 대한에게 궁금하다는 눈빛을 보내왔다.

하지만 대한은 눈 하나 깜짝 하지 않고 자연스럽게 둘러댔다.

"제 옆집 사시던 분이기도 하고 이런 대민지원 쪽으로 좀 깨어 있으신 분이십니다."

물론 그런 것 따윈 없는 사람이었지만 현재 상황에선 어쩔 수 없었다.

대한의 말에 박희재가 고개를 끄덕였다. 대한의 지인이니 충분히 그럴 수 있다고 생각했으니까.

"쉬운 결정이 아니셨을 텐데. 참 훌륭한 지인을 두었구나. 그래, 어쩐지…… 저런 분들이 주변에 있었으니 네가 이렇게 잘 컸겠지."

"아 예, 뭐…… 훌륭하신 분입니다."

"굴삭기 조작도 류 원사 못지않게 하는구만."

"아, 저 굴삭기 조작은 지금 류승진 원사가 하고 있습니다."

"응? 본인 장비 안 타고?"

"그게, 두 사람이 갑자기 이야기를 좀 나누더니 굴삭기를 바꿔 타고 진행 중입니다. 자세한 건 작업 중이라 따로 물어보지 못했습니다."

"흠, 뭐 그런 게 중요한 건 아니니 그냥 넘어가도록 하지. 일 잘하고 있는데 그런 게 무슨 상관이겠어, 안 그래?"

"예, 그렇습니다."

박희재한테는 1시간 정도 걸릴 거라고 말했지만 이건 어디까지나 일부러 좀 넉넉히 잡은 것이었다.

박희재가 도착한 지 얼마 지나지 않아 상당한 거리가 개척됐고 슬슬 나머지 간부들도 움직일 준비를 했다.

"일대 수색하고 오겠습니다."

"그래, 몸조심해라."

고립된 노인이 어떤 상태인지도 몰랐고 집의 정확한 위치도 모르는 상태였다.

그러니 전화나 다른 방법으로 끝끝내 확인이 안 되면 마지막 수단으로 직접 돌아다니며 수색해 보는 수밖에 없었다.

이윽고 뒤에서 구경만 하던 간부들이 굴삭기가 다져 놓은 길을 따라 올라가기 시작했다.

류승진은 간부들이 올라온다는 전화를 받고 굴삭기의 시동을 꺼 둔 채 안에서 담배를 피우며 간부들에게 말했다.

"토사물이 많이 쓸려 내려와서 대략적인 위치 파악도 잘 안 됩니다. 그러니 일단 한번 둘러봐야 할 것 같습니다."

"알겠습니다. 고생하셨습니다!"

이영훈은 류승진의 말을 듣고 방향을 설정한 뒤 대한과 함께 움직이기 시작했다.

그로부터 얼마 뒤, 미끄러운 경사면 끝에 작은 집 하나가 보였고.

"중대장님! 찾았습니다!"

"접근 가능하냐?"

"가능할 것 같습니다!"

"오케이, 가자."

두 사람은 간신히 균형을 잡으며 산사태의 잔해들을 밟고 집으로 향했다.

그런데 대한의 시야에 집이 들어온 순간, 대한의 얼굴이 빠르게 굳어졌다.

지붕 밑으로 산사태가 이미 휩쓸고 지나간 게 보였기 때문이다.

그뿐만이 아니었다.

마당으로 추정되는 곳에는 각종 가구들이 튀어나와 있었다.

안에 만약 사람이 있었다면 깔려 있을 수도 있는 상황.

두 사람은 서둘러 집으로 뛰기 시작했다.

"계십니까!"

"들리면 대답하세요!"

아직 해가 진 시간은 아니었지만 산속에 위치한 곳인데다가 하늘엔 구름이 가득했기에 집 안은 밤처럼 어두웠다.

불길함이 커지려는 그때, 두 사람의 목소리에 누군가 반응했다.

"여…… 여기요…….''

시들어 가는 목소리.

대한은 서둘러 목소리가 들리는 곳으로 뛰어 들어갔고 토사물에 하반신이 깔린 채 신음하고 있는 할머니 한 분을 발견할 수 있었다.

"할머니!"

서둘러 할머니를 토사물에서 빼낸 대한은 육안으로 할머니의 몸 상태부터 체크했다.

다행히 눈에 보이는 큰 상처는 없었다. 하지만 다행인 건 그것 하나뿐이었다.

"할머니, 어디 불편하신 데는 없으세요?"

"잠깐 기절했었는데…… 머리가… 머리가 아파…….''

산사태가 일어났을 때 충격이 가해져 기절하신 듯했다. 그리고 대한과 이영훈의 목소리에 정신을 차리신 것.

'기절한 상태로 계속 있었구나.'

대한이 할머니를 확인하고 있을 때 이영훈이 뛰어와 물었다.

"큰일 날 뻔하셨습니다. 걸어가실 수 있으시겠습니까? 언제 또 산사태가 일어날지 모르니 얼른 자리를 피하셔야 합니다."

그때, 대한이 이영훈에게 다가가 조용히 속삭였다.

"중대장님, 이대로 할머니 데리고 못 내려갑니다."

"구급법으로 들면……."

"아뇨, 그래도 못 갑니다."

대한과 이영훈도 겨우 올라올 만큼 걷기 힘든 길이었다.

그런데 누군가를 들고 내려간다는 건 더더욱 불가능했다.

무리해서 이동했다가 잘못되기라도 하면 큰 사고로 이어질 테니까.

이영훈도 말을 하다 아차 싶었는지 방법을 고민하기 시작했고 잠시 고민하던 끝에 대한이 먼저 방법을 제안했다.

"일단 중대장님이 할머니를 봐주고 계시면 그 사이에 제가 빨리 뛰어가서 류 원사한테 위치 알리겠습니다."

"그래, 그게 최선이겠다. 근데 괜찮겠어? 내가 가도 되는데?"

"아닙니다. 제가 다녀오겠습니다. 간 김에 구급차도 확인하고 바로 올라오겠습니다."

이영훈의 동의를 얻은 대한은 곧장 왔던 길을 되돌아 뛰어 내려가기 시작했다.

그 과정에서 몇 번이나 미끄러지며 넘어질 뻔했지만 간신히 균형을 유지했고 험한 길을 내려올수록 할머니를 데리고 오지 않아서 다행이라는 생각이 들었다.

그렇게 미끄러지기를 몇 번.

순식간에 류승진이 있던 위치로 복귀한 대한은 숨을 헐떡이며 류승진에게 말했다.

"류 원사님! 할머니 찾았습니다! 저쪽에 계십니다!"

"오, 찾으셨습니까? 아니, 근데 소대장님은 괜찮으십니까? 꼴이 말이 아니신데."

"예, 길이 험해서 몇 번 미끄러졌습니다. 그러니까 류 원사님이 길을 뚫어 주셔야 합니다. 지금 상태론 절대로 못 데리고 옵니다."

"그래서, 어디라고요?"

대한은 손가락으로 집이 있던 방향을 가리켰고 류승진은 조용히 담배를 입에 물고는 말했다.

"떨어져 계십쇼. 금방 열어 드리겠습니다."

굴삭기가 바로 움직이기 시작했고 그 사이 겨우 숨을 돌린 대한은 굴삭기에서 떨어지자마자 여진수에게 전화를 걸었다.

"충성! 과장님, 할머니 찾았습니다."

─오, 그래?! 고생했다, 할머님 상태는 좀 어떠셔?

"좀 많이 놀라신 것 같은데 정확한 상태 파악은 못 했습니다."

─지금 같이 있냐?

"아닙니다. 저랑 중대장이 수색으로 발견했고 도저히 모시고 나올 수가 없는 상황이라서 저 혼자 다시 내려왔습니다. 지금은 류 원사가 길을 뚫고 있는 중인데 혹시 구급차 좀 최대한 빨리 부탁드려도 되겠습니까? 발견 당시 할머니가 기절하신 상태로 토사물에 깔려 계셨습니다."

-알겠다. 직접 확인해서 최단 시간으로 보내 줄게.

"감사합니다. 충성!"

-다치지 말고!

전화를 끊은 대한은 구급차가 빨리 오기를 기도하며 산을 내려갔다.

잠시 후, 초입부로 내려오고 있는 대한을 발견한 박희재가 놀란 얼굴로 대한에게 다가왔다.

대한의 꼴이 말이 아니었기 때문이다.

"대한아! 뭐야, 너 다쳤냐?"

"아닙니다. 좀 급하게 내려오느라 미끄러졌습니다."

"그냥 미끄러진 게 아닌데? 우의가 다 찢어졌구만!"

"아…… 찢어진 줄은 몰랐는데 괜찮습니다. 다친 곳은 없습니다."

"놀래라, 다친 줄 알았잖아. 그나저나 왜 너만 내려왔어?"

"구급차 기다리기 위해 내려왔습니다."

"생존자 찾았냐?"

"예, 할머니 한 분 발견했고 이동이 제한되어서 류 원사가 길을 만드는 중입니다."

박희재는 대한을 기특하다는 듯이 쳐다보며 우의에 묻은 진흙들을 손수 털어 주었다.

"역시 우리 간부들 대단하다."

"대대장님께서 뒤에서 지원해 주시는데 못 할 것이 뭐가 있겠습니까."

"자식, 이 와중에도 입은 살아 가지고……."

대한은 박희재에게 립서비스를 날린 뒤 승합차로 이동했다.

그리고 미리 비를 닦기 위해 챙겨 왔던 수건을 비닐봉투에 담아 밀봉했다.

구급차가 오기 전에 미리 올라가 할머니를 닦아 줄 생각이었다.

그때였다.

마침 기다리던 차 소리가 비 소리를 뚫고 들려왔고 같이 올라갈 생각을 하고 쳐다본 순간 대한의 얼굴에 의아함이 번졌다.

'저게 뭐야?'

승합차는 맞았다.

하지만 구급차의 특유의 외관이 아니었다. 오히려 대한이 타고 온 평범한 승합차와 비슷했다.

단에서 지원을 나왔나 싶어 번호판을 유심히 살폈지만 그것도 아니었다.

'여기에 올 사람이 없는데 뭐지?'

애초에 통행량이 거의 없는 곳이었다. 그런데도 차가 이쪽으로 오고 있으니 이상한 것.

대한은 박희재가 무언가 알고 있나 싶어 쳐다봤지만 그도 모르는 것은 마찬가지였다.

두 사람이 다가오는 승합차를 쳐다보고 있길 잠시, 얼마 뒤 승합차가 두 사람 앞에 멈춰 섰다.

"뭐냐, 저거? 또 지인 불렀냐?"

"아닙니다. 저도 잘 모르겠습니다."

그때, 승합차의 문이 열렸고 그 안에서 우비를 입은 웬 여자가 튀어나왔다.

"안녕하세요. KBC 서하나 기자입니다. 군인들이 인명구조 활동을 펼치고 있다고 해서 취재 나왔는데 잠깐 시간 괜찮으실까요?"

KBC?

KBC라면 방송국인데?

대한은 무슨 일이냐는 듯 박희재를 쳐다봤으나 박희재라고 이 상황에 대해 설명해 줄 건 없었다.

그때, 문득 그런 생각이 들었다.

'어, 이거 어쩌면?'

대한이 말했다.

"아무래도 시청에서 말한 것 같습니다. 그래서 말인데 얼른 인터뷰 하고 보내시는 게 좋을 것 같습니다."

"이 와중에 인터뷰는 좀 그렇지 않나?"

"절대 아닙니다."

대한의 말에 박희재는 고개를 끄덕였고 곧 인터뷰 준비를 시작했다.

이윽고 인터뷰가 시작됐고 서하나 기자가 박희재에게 물었다.

"혹시 직책이 어떻게 되세요?"

"대대장입니다."

"박희재 대대장님이시구나. 그럼 바로 인터뷰 시작할게요. 카메라 말고 저 보고 말씀하시면 되세요."

"알겠습니다."

"영천시에서 전달받은 바로는 지휘하시는 부대에서 먼저 물어보고 지원을 나오셨다는데 어떻게 된 상황인지 간단하게 설명을 좀 부탁드리겠습니다."

서하나의 말에 대한이 고개를 기울였다.

'우리가 먼저 연락했다고?'

뭔가 잘못 전달받은 것 같은데…….

박희재의 표정을 보니 박희재도 그리 생각하는 모양. 하지만 이내 곧 뻔뻔하게 대답을 잇기 시작했다.

"긴 군 생활동안 폭우가 내린 경험이 한두 번이 아니었습니다. 하지만 오늘 내린 폭우는 제가 기억에 손꼽을 정도였고 당연히 지원이 필요한 곳이 있을 거라 생각해 먼저 연락을 취한 것입니다."

"역시 국가와 국민을 지키는 군인다우시네요. 그럼 현재는 어떤 지원을 하고 계시나요?"

"현재 쏟아진 폭우로 인해 산사태가 일어났고, 산 중턱에 거주하시는 주민 한 분이 연락이 되지 않아 구조 중에 있습니다. 그리고 조금 전에 고립된 주민의 신변을 확보했고 구출을 하기 위한 마지막 작업을 진행 중에 있습니다."

"다행입니다. 부디 안전하게 구조 작업이 마무리되었으면 좋겠습니다. 아, 그리고 현재 영천 지역에 호우 피해로 인한 실종 신고가 계속해서 들어오고 있다는 사실을 알고 계십니까?"

"현장에 집중하느라 다른 소식들을 아직 듣지 못했는데 호우 피해로 인해 어려움을 겪고 있는 지역 주민들을 위해 국민의 군대로서 최선을 다하겠습니다."

서하나는 박희재의 깔끔한 인터뷰를 듣고는 만족한 듯 고개를 끄덕였다. 그리고 박희재에게 내밀고 있던 마이크를 내리며 말했다.

"대대장님, 인터뷰 잘해 주셔서 감사합니다."

"이 정도만 하면 될까요?"

"예, 충분할 것 같습니다."

갑작스러운 인터뷰였지만 박희재는 마치 준비하고 있었다는 듯 깔끔하게 대응했다.

아니 어쩌면 깔끔하게 대응되는 게 당연했다.

그가 한 말은 인터뷰를 위한 가식이 아닌 평소 그가 군인으로서 강조하던 복무 중점 그 자체였으니까.

그렇기에 대한 또한 박희재의 인터뷰를 듣고 몹시 자랑스러워했다.

자신이 군인이라는 것과 저런 대대장 밑에서 군 생활을 하고 있다는 사실에 대해.

그때, 서하나가 대한을 보며 물었다.

"저 혹시 대대장님에 이어서 소위님도 인터뷰 잠깐 가능하실까요?"

"예? 저 말씀이십니까?"

서하나는 눈을 빛내며 대한을 쳐다봤고, 대한은 자연스럽게 박희재를 보았다.

그도 그럴 게 학군단에서 배우길, 군인은 최대한 미디어와의 접촉을 피해야 한다고 배웠기 때문이다.

'만약 군인의 신분으로 말 한 마디 잘못했다간 그게 개인의 입장이 아닌 군의 입장처럼 받아들여질 수도 있으니까.'

그러나 박희재는 그런 것 따위 전혀 신경 쓰지 않는다는 듯 말했다.

"괜찮아, 인터뷰 해. 네가 이런 경험을 언제 또 해 보겠냐. 구급차도 아직 도착 안 했는데 빠르게 해."

그렇다면야 뭐.

다른 사람도 아니고 대대장이 저리 말하는데 어찌 불복할 수 있을까?

대한이 서하나에게 한 발짝 다가가며 말했다.

"그럼 빠르게 부탁드리겠습니다."

"예, 마찬가지로 저만 보시면 됩니다."

서하나는 능숙하게 대한을 위치시킨 후 마이크를 들이밀었다.

"부대에 온 지 얼마 안 된 것으로 알고 있는데 이런 대민지원에 나온 소감이 어떻습니까?"

"군인으로서 국민을 위해 일을 할 수 있다는 사실이 매우 자랑스러웠습니다."

"현장을 경험해 보니 어떤 것 같습니까. 대민지원이긴 하지만 인명구조 활동이라는 게 말처럼 쉬운 일은 아니실 텐데요."

"생각보다 그렇게 어렵지는 않았습니다."

"아……."

대한의 대답에 서하나가 잠시 당황스러운 표정을 지었다. 당연히 어려웠다고 말할 줄 알았으니까.

하지만 이렇게 대답한 이유는 결코 거만해서가 아니었다. 군인에게 어렵다는 말을 들으려고 한 것부터가 잘못된 것.

서하나가 잠시 말을 잇지 못하자 대한이 눈치를 굴렸다.

'설명이 좀 부족했나?'

서하나가 군 상급자였다면 좀 전의 대답은 분명히 칭찬을 받았을 터.

하지만 서하나는 군인이 아닌 기자. 대한은 즉시 부가 설명을 이어 나갔다.

"……항상 부대 가용 장비를 생각하고 출동 인원들이 준비되어 있었기에 큰 어려움 없이 위급한 상황을 대처할 수 있었습니다. 더불어 대대장님께서 간부들이 작전에 집중할 수 있도록 환경을 잘 조성해 주신 덕분에 어려운 일도 힘을 모아 잘 해결해 나간 것 같습니다."

그 말에 그제야 서하나의 얼굴이 밝아졌다.

"그렇군요! 역시 평소에 준비가 잘된 부대였기에 이런 긴급 상황이 일어나도 즉각 대응하실 수 있었다는 생각이 듭니다."

서하나는 대한의 대답에 만족하며 마이크를 내렸다. 이 정도만 해도 인터뷰는 충분했으니까.

물론 뉴스에 인터뷰 전문이 나오진 않을 것이다.

뉴스는 짧고 간결하게, 신속하고 정확한 정보 전달이 생명이었으니 인터뷰 내용 중 일부분만 나올 터.

"인터뷰 감사했습니다. 두 분 다 말씀을 잘하셔서 그림 잘 나올 것 같은데요?"

"질문에 대답만 해 드린 것뿐입니다만…… 이제 끝입니까?"

"주민분 구출하는 것만 촬영하고 철수할 예정입니다. 그것까지 있어야 두 분이 멋지게 나가죠."

"알겠습니다, 그럼 차 좀 이동시켜 주시겠습니까? 곧 구급차가 도착할 예정입니다."

"예, 멀리서 조용히 촬영하다가 가겠습니다."

잠시 후, 방송국 차량이 이동하고 얼마 지나지 않아 구급차 한 대가 사이렌을 울리며 도착했다.

구조대는 이미 몇 번의 출동을 다녀왔는지 얼굴에 비인지 땀인지 모를 것들이 흥건했다.

"노인분은 어디 계십니까?!"

"산 중턱에 있습니다. 같이 올라가셔야 합니다."

"혹시 차량 진입 가능합니까?"

"사륜구동입니까?"

"사륜은 아닙니다."

"그럼 도보로 이동하셔야 합니다. 들 것 챙겨 주십쇼."

"알겠습니다. 들것!"

구급대원들은 대한의 말에 들것을 챙겼고 함께 산으로 뛰어 올라가며 상황 설명을 했다.

"현 상황에 대해 간략히 말씀드리자면 진입은 가능한데 길이 너무 험해서 할머니를 모시고 내려오는 게 불가능한 상황입니다. 그래서 굴삭기로 길을 개척 중이며 곧 개척이 완료될 것으로 예상됩니다."

"구조자 상태는요?"

"발견 당시 토사물에 하반신이 깔려 계셨으며 잠시 의식을 잃으셨던 것 같습니다. 거동도 불편한 상태인데 눈에 띄는 외상은 없었습니다."

환자의 상태에 대한 추측은 금물이었다.

발견 당시 목격한 것을 그대로 설명해 주는 것이 치료에 더 용이했으니까.

구급대원은 대한의 말을 듣고 심각한 표정을 지은 뒤에 답했다.

"나이도 있으신데 충격이 크셨겠군요."

"저희 중대장님이 안정시키는 중입니다. 아직 연락 안 주신 걸 보니 특이 사항은 없는 것 같습니다."

이윽고 할머니의 집에 도착하자 구조대원들은 할머니를 눕히기 위한 준비에 들어갔고 그사이, 대한은 챙겨 온 수건을 이영훈에게 건넸다.

"아무래도 곁에서 닦아 드려야 할 것 같습니다."

"잘 가져왔다. 안 그래도 추워하시더라."

"길은 다 뚫려 있으니 들 것에 신고 옮기면 될 것 같습니다."

"할머니 들으셨죠? 할머니 여기에 올려서 저희가 들어서 모시고 내려갈 겁니다. 그러니 두려워 마시고 그냥 편하게 계시면 됩니다."

이영훈과 대한은 구급대원들의 도움을 받아 할머니를 들것에 눕혔다. 그러다 얼른 이영훈에게 재촉했다.

"중대장님, 죄송한데 우의 좀 벗어 주십쇼."

"우의? 왜?"

"할머니 비 맞으시지 않습니까. 들것 위에 덮을 겁니다. 제 것을 덮어 드리고 싶은데 아까 길 내려가다가 다 찢어져서 제 것을 드리긴 좀 그렇습니다."

"그래, 알겠다."

선뜻 우의를 벗어 주는 이영훈.

대한은 할머니를 우의로 덮어 드린 다음 대원들과 함께 천천히 이동을 시작했다.

그리고 마침내 구급차로 할머니를 이송할 수 있었다.

할머니를 구급차에 실으려던 순간이었다.

할머니가 애써 목소리를 내어 대한에게 말했다.

"고마워요…… 정말."

"아닙니다. 할머니도 얼른 건강 회복하시길 바라겠습니다."

인사를 마친 대한은 우의를 담요로 교체해 드린 후 수거한 우의를 이영훈에게 다시 내밀었다. 그러자 이영훈이 우의를 받아 입으며 물었다.

"땡큐, 근데 카메라는 뭐냐?"

"KBC에서 취재 나왔다고 합니다."

"KBC? 어떻게 알고 나온 거지? 이번 출동은 상급부대에도 보고 안 한 사항인데."

"영천시에서 알려 줬다고 합니다."

"……나도 모르는 걸 너는 어떻게 알고 있나?"

"아까 인터뷰하면서 들었습니다."

"인터뷰했다고?"

"예, 대대장님도 하셨습니다."

"……그래?"

딱히 말은 안 하지만 표정에서 그의 아쉬움이 드러났다.

근데 이게 아쉬워할 일인가?

대대장이라면 모를까, 애매한 직급의 군인은 인터뷰 잘못하면 큰일 날 수도 있을 텐데……

하지만 이영훈의 생각은 좀 다른 듯 했고 계속 기자 근처에 얼쩡거리는 이영훈을 데리고 박희재에게 갔다.

박희재도 그런 이영훈의 모습을 보았는지 그의 어깨를 두드려 주며 격려했다.

"고생했다, 1중대장. 아까 보니 우의 벗어서 할머니 덮어 드렸던데 잘했어."

"감사합니다!"

"간부들이 씩씩해서 좋다. 그럼 이제 올라간 간부들은 싹 다 철수하라고 해. 슬슬 복귀하자. 여기서 더 할 일은 없잖아?"

"예, 그렇습니다. 그럼 즉시 전파하겠습니다."

"아, 잠깐만. 근데 이번 작업에 대한이 지인분도 계신다고 하지 않았나? 트레일러 몰고 오신."

"예, 그렇습니다."

"그분도 시간 괜찮으시면 부대로 같이 가지고 해라, 곧 식사시간인데 식사라도 대접해야지."

"올라가서 말씀드리고 오겠습니다. 먼저 복귀하십쇼. 비 많이 옵니다."

"부하들이 다 비 맞고 있는데 나만 비 안 맞고 있을 수 있나. 난 신경 쓰지 말고 얼른 철수나 해. 그게 나를 비 덜 맞게 하는 길이다."

"하핫, 넵! 알겠습니다!"

이런 날 맞는 비는 전혀 찝찝하지 않다. 그렇기에 오히려 비 맞는 것을 즐기며 철수 현장을 지켜보았고 대한은 한 박자 빠르게 명춘식에게 다가가 말했다.

"아저씨, 이제 작업 끝났는데 바로 집에 가실 거죠?"

"어, 가야지. 왜, 더 할 거 있나?"

"아뇨, 그건 아닌데 대대장님께서 식사하고 가라 하실 것 같은데 불편해하실까 봐 그렇죠."

될 수 있으면 명춘식과 간부들을 가까이 붙여 놓고 싶지 않았다.

그러다 혹시라도 대한이 몰래 돈을 주고 고용한 게 들통나면 곤란했으니까.

그래서 은근히 운을 띄웠는데 명춘식은 참 눈치가 없다.

"짬밥? 짬밥 좋지. 맛대가리야 없겠지만 요즘 짬밥은 어떻게 나오나 궁금하기도 하고. 먹고 가지, 뭐."

이러면 나가린데…….

그때, 대한의 머릿속에 아이디어 하나가 번뜩였다.

"괜찮으시겠어요? 정식이가 아저씨 고생하셨다고 소고기집 예약해 놨다던데, 짬밥 보다는 그게 낫지 않으시겠어요?"

"……소고기?"

"예, 그것도 업진살로."

"업진살……?"

업진살이라는 말에 명춘식의 표정이 눈에 띄게 변했다.

아.

업진살은 못 참지.

"크흠, 대대장님께는 죄송하지만 식사 대접은 다음에 해야겠
다. 나 먼저 간다고 말 좀 전해 줘라."

"예, 알겠습니다. 오늘 고생하셨어요."

명춘식이 서둘러 집에 갈 채비를 했고 대한은 빠르게 오정식
에게 문자를 보냈다.

Chapter 5

철수 준비가 한창이던 그 시각, 떠날 준비를 마친 명춘식은 트레일러에 오르기 전 아까부터 지켜보던 인물에게 다가가 조심스레 말을 건넸다.

류승진이었다.

"저기요?"

"아, 네."

명춘식이 갑자기 말을 걸자 놀랐는지 류승진이 서둘러 입에서 담배를 뗐고 명춘식이 담배 피워도 괜찮다고 말하며 말을 이어 나갔다.

"아까 보니까 장비 다루는 솜씨가 수준급이신데 군인이 그렇게 장비를 잘 다루실 줄 몰랐습니다."

그 말에 류승진이 씩 웃으며 겸손을 취했다.

"에이, 잘 타기는 뭐가 잘 탑니까. 아닙니다, 그 정돈."

"아니, 진짜로. 내가 굴삭기 기사만 몇 년인데 그렇게 운전하는 사람 처음 본다니까요."

"에이, 전 아직 제가 배운 분 반도 못 따라가는데 무슨…… 그나저나 오늘 고생 많으셨습니다. 덕분에 작업이 수월하게 끝날 수 있었습니다."

두 사람은 한동안 서로를 칭찬하며 대화를 마쳤고 얼마 뒤 배웅하러 온 대한에게 명춘식이 슬쩍 물었다.

"대한아, 저 양반 월급 많이 받냐?"

"음, 원사니까 꽤 받으실 걸요?"

"그래? 뭔가 아깝네. 저 정도 실력이면 일당 2배가 뭐야, 월천은 우습게 땡길 텐데."

"그 정도에요?"

"그럼 인마. 저 실력으로 군에서 썩고 있는 게 이해가 안 된다, 나는."

대단한 줄은 알고 있었지만 그 정도였을 줄이야.

하긴 원래 군대만큼 은둔고수가 많은 곳도 없다.

"아무튼 너도 고생했다."

명춘식은 그 말과 함께 트레일러에 굴삭기를 올렸다. 그리고 다시 트레일러에 탑승하려던 차, 박희재가 성큼성큼 다가와 명춘식에게 악수를 청했다.

"안녕하십니까? 대대장 박희재라고 합니다. 경황이 없어 제 대로 인사도 못 드렸습니다."

"아유, 안녕하십니까. 명춘식이라고 합니다."

이런.

결국 접점을 피할 순 없는 건가.

대한이 불안한 눈빛으로 서로를 쳐다보는 사이, 박희재가 말을 이어 나갔다.

"듣기로는 대한이의 요청에 선뜻 와주셨다고 들었는데 어려운 결정이셨을 텐데 진심으로 감사드립니다. 덕분에 저희 간부들 고생이 클 뻔했습니다."

"아닙니다. 덕분에 저도 뿌듯하게 작업했습니다."

"식사라도 대접해 드리고 싶은데 바쁘시다니 어쩔 수 없네요."

"제가 원래 식사 거절하는 타입이 아닌데 오늘은 하필 선약이 있어 가지고…… 다음에 다시 불러 주십쇼. 이 부대는 우선 순위로 오겠습니다."

"알겠습니다. 그럼 비 많이 내리는데 조심히 돌아가시길 바랍니다."

"예, 우리 대한이 좀 잘 부탁드리겠습니다. 그럼 먼저 들어가 보겠습니다."

소고기 때문일까?

다행히 일당에 대한 이야기는 나오지 않았고 명춘식이 떠난 뒤, 대한과 간부들도 서둘러 복귀하기 시작했고.

박희재는 복귀와 동시에 간부들을 얼른 퇴근시킨 뒤, 여진수와 함께 밀린 업무 처리를 시작했다.

"나 없는 동안 뭐 연락 온 거 없었지?"

"예, 온 건 없었고 제가 미리 보고 해 놨습니다."

"보고할 게 있었어?"

"대한이가 구급차 지원 요청해서 간략히 상황을 들었고 그 상황만 전달해 놓은 상태였습니다. 단장님도 다행이라고 하셨습니다."

"역시…… 바로 대대장 해도 되겠다."

"하하, 아닙니다. 아직 배울 게 많습니다."

"소령 달고 아직 배울 게 남았으면 그것도 문제 아냐? 과장도 얼른 퇴근 준비해라. 난 대대장실 들어가서 단장한테 연락할 테니까."

"알겠습니다. 오늘 하루도 고생 많으셨습니다."

"오냐. 고생 많았다."

박희재는 여진수에게 가볍게 칭찬을 남긴 뒤 대대장실로 향했다.

그리고 의자에 앉자마자 단장실로 전화를 걸었다.

"충성."

─어, 그래. 고생 많았다.

"제가 고생이랄 게 어디 있습니까. 다 우리 애들이 고생한 거지."

-그래, 다들 군인답고 멋있다. 상급 부대에는 내가 다 보고해 났으니까 따로 할 건 없을 거야.

"욕 좀 들으셨겠습니다?"

-계급 높은 게 죄지…… 괜히 너랑 같은 부대 있어 보겠다고한 내 잘못이다. 그래도 덕분에 욕 많이 먹어서 오래 살 것 같다. 고맙다.

"크큭, 비도 오는데 관사에서 한잔하십니까?"

-좋지. 이제야 비를 좀 즐길 여유가 되네. 좀 있다가 보자고.

"예, 마무리 잘하십쇼. 충성."

-충성.

아까 이원영에게 쓴소리하고 나서 마음이 영 편치 않았다.

그래도 친구라고, 자신의 의중을 알아준 게 너무 고마워 술은 자신이 살 생각이었다.

"기분 좋은 날이구만."

오늘, 여러모로 두 지휘관의 술자리가 길어질 듯 했다.

✳

그날 밤 21시.

대한은 돌려놓았던 빨래를 찾으러 간부 숙소 다용도실로 이동했다.

그곳에는 건조기가 있어 참 편한 곳이지만 비가 오는 날이면 서로 빨래를 돌렸기에 서둘러 빨래감을 빼 주어야 했다.

조금 일찍 도착한 대한은 의자에 앉아 TV를 켰다.

TV에는 마침 뉴스가 나왔는데 이번 호우와 관련된 내용이 주를 이루었다.

그때였다. 뉴스 장면이 바뀌더니 익숙한 풍경이 보이기 시작한 건.

"어?"

낮에 출동 나간 현장이었다.

대한은 즉시 휴대폰을 꺼내 박희재에게 전화를 걸었다.

"충성! 대대장님, 늦은 시간 죄송합니다."

─우리 대한이! 대한이는 언제 전화해도 괜찮아! 왜 전화했어?

얼큰하게 취한 듯한 목소리.

이원영과 기분 좋게 한 잔 중이었는데 대한의 목소리를 듣자 텐션이 더 올라간 것.

박희재의 친근한 모습에 대한이 미소를 지으며 말했다.

"지금 뉴스 좀 확인해 보셔야 할 것 같습니다. 아무래도 저희가 나올 것 같습니다."

─으이? 진짜? 야, 잠깐만. 야, 원영아 리모컨 어디 있냐! 빨리!

수화기 너머로 다급히 이원영을 부르는 목소리가 들렸다. 그리고 이내 TV 소리가 들려왔고.

─오오! 여기 나오네!

마침 구해 드린 할머니의 인터뷰가 나오고 있었다.

할머니는 인터뷰 내내 자신을 구해 준 군인들에게 감사의 말을 전했고 뒤이어 현장 인터뷰가 나오기 시작했다.

대한과 박희재의 인터뷰가 말이다.

─크……!

수화기 너머로 들리는 감탄사.

대한도 함께 뉴스를 보고 있었다.

인터뷰는 대한의 예상대로 몇 마디 말만 편집되어 짧게 나왔으나 그 정도면 충분했다.

─이야…… 기가 막히는구만?

"멋있게 나온 것 같습니다."

─오늘 바로 나올 줄은 몰랐네…… 그나저나 이거 다시 볼 수 있나?

"뉴스 끝나고 링크 찾아서 메시지로 보내 놓겠습니다."

─오냐. 고맙다. 근데 넌 안 자고 뭐 해?

"22시쯤 취침할 예정이었습니다."

─일찍 자야 쑥쑥 크지 인마! 크큭, 장난이고 얼른 푹 쉬어라. 알려 줘서 고맙다.

"예, 열심히 커 보겠습니다. 대대장님도 좋은 시간 보내십쇼! 충성!"

대한이 전화를 끊자 간부 숙소 옆에 있는 단장의 관사가 시끄러워지는 것 같은 느낌이 들었다.

자랑한다고 난리가 났겠지.

대한은 두 사람의 사이가 골치 아픈 사이라고 생각하면서도 한편으로는 부러운 마음이 들었다.

'진급길이 같은 사이는 친하게 지내기가 힘든 게 현실이지.'

아무리 선후배랑 친하다고 해도 가장 편한 것은 동기였다.

하지만 가장 편한 동기와 가장 치열하게 진급 경쟁을 해야 했기에 두 사람처럼 친해지는 건 현실적으로 어려운 일.

대한은 잠시 동기들의 얼굴을 떠올렸고 이내 고개를 저었다.

'내 팔자에 동기 복은 무슨.'

그저 같은 부대에 좋은 선배들이 있다는 것에 만족하기로 했다.

✳

다음 날.

어제보다 조금은 비가 그친 상황이었고 영천 시청에서 본격적으로 도움을 요청하기 시작했다.

당연했다.

뉴스에도 언급되어 스타가 됐으니 이젠 부대 사정상 못 나간다는 소리도 못 하게 됐으니까.

아침부터 지휘 통제실에 전 간부가 모였고 여진수가 간부들에게 간단한 브리핑을 했다.

"지원 중대는 어제 출동한 지역으로 이동해 우회로를 제대로 만들어 놓는 것에 집중할 것입니다. 우회로 작업이 오늘 마무리가 되어야 장간조립교 지원을 안 나갈 수 있으니 모두 최선을 다해 주시기 바랍니다."

우회로를 뚫어 놓는다면 다리로 인해 고립될 이유는 없다. 대한은 장간조립교를 하지 않아도 된다는 사실에 안도의 한숨을 내쉬었다.

이영훈도 마찬가지였다.

"나머지 중대는 홍수 피해로 쓰러진 벼를 세우러 갈 예정입니다. 일단 비가 그치고 물이 빠진 뒤에 나갈 거니까 준비만 하고 계시고. 오늘은 전체적인 울타리를 순찰할 예정입니다. 각자 맡은 구역들, 이상 없는지 확실하게 점검 바랍니다."

산사태가 날 정도의 비가 왔는데 주둔지라고 안전할 순 없었다.

울타리라도 무너져 있다면 당장 조치가 필요했다.

아무리 국민들을 도와주는 것이 중요하다지만 직업으로써 해야 할 일은 해야 하니까.

그런 의미에서 미리 사격장 작업을 해 둔 건 신의 한 수였다.

'미리 해 두길 잘했지. 안 해 놨으면 며칠을 고생했어야 되는 거야?'

대한은 이영훈과 함께 갈 울타리 순찰을 기대하고 있었고 여진수가 지원 중대장을 제외한 중대장들에게 물었다.

"누가 지원 중대 울타리도 같이 볼래?"

1, 2, 본부 중대.

정우진은 최고참이기에 가만히 있었고, 남은 건 본부 중대와 1중대.

하지만 본부중대는 인원이 얼마 없었다.

그리고 그마저도 각 참모부에서 데리고 있었기에 가용 병력은 더더욱 적은 상황.

넓은 울타리를 담당할 사람은 이미 정해져 있었다.

여진수는 이영훈에게 솔선수범하는 모습을 보일 기회를 준 것.

눈치 빠른 이영훈이 얼른 손을 들었다.

"1중대가 지원 중대 울타리까지 확인하고 보고드리겠습니다."

"역시 1중대, 중대 구역에 사격장도 있지? 사격장도 확실하게 확인하고 와라."

"예, 알겠습니다!"

"오케이, 일과는 이렇게 정해졌고…… 그럼 출발하기 전에 다목적실로 병력들 다 집합시켜 주시기 바랍니다. 대민지원 관련해서 간단한 교육을 실시한 뒤 움직일 예정이니까 09시 20분까지 집합 완료 부탁드리겠습니다. 이상입니다."

대민지원 관련 교육?

벼 세우는 방법이라도 알려 주려는 건가?

그때, 박희재가 입을 열었다.

"자, 간부들은 내가 교육한다. 주목."

"주목!"

"우리가 대민지원에 나가는 이유가 뭐야?"

박희재의 물음에 다들 서로 눈치만 보자 대한이 얼른 손을 들었다.

"소위 김대한!"

"좋아, 대한이. 말해 봐."

나다시…… 나다 싶으면 튀어 나가는 시스템은 비단 병사들에게만 적용되지 않는다.

나다시는 상대적인 것으로 모든 짬찌들이 짊어져야 하는 숙명과도 같은 것.

대한이 손을 들자 대한의 동기 몇몇이 '그냥 내가 들 걸' 같은 표정으로 미간을 찌푸렸고 대한은 얼른 대답을 이어 나갔다.

"국민들이 힘이 부족하기 때문에 저희가 그 모자란 힘이 되어 드리기 위해 대민지원을 나가는 것입니다."

"박수."

어? 이게 정답이야?

딱히 정답을 알고 있었던 건 아니다.

그냥 눈치껏 대답했을 뿐.

그러나 박희재는 흡족했는지 박수를 지시했고 모두가 박수를 쳐 주었다.

"역시 뉴스 스타는 다르구만. 그래, 우리가 지원을 나가는 이유는 국민들의 힘이 되어 드리기 위함이다. 여기서 내 말을 이해 못 하는 사람은 없을 거라고 생각한다, 근데 말이야, 일부는 우리가 순수한 마음에 도와주러 가는 것이 아니라 일당 벌러 나간다고 생각하는 사람들이 있다."

'일당?'

그 말에 간부들이 술렁이기 시작했다.

다들 박희재의 말을 순간 이해하지 못했기 때문이다.

그러나 다음에 이어지는 박희재의 말은 아까보다 더 이해할 수 없는 것이었다.

박희재의 말이 이어졌다.

"이게 무슨 말인가 하면, 우리 애들이 지원 나가서 일 도와주고 받아먹는 것들, 그게 밥이든 간식이든 그걸 받아먹는 순간 일당 벌러 왔다고 생각한다는 말이야."

쉽게 말해 군인들의 몸값이 원체 싸다 보니 밥 한 끼, 간식 하나 얻어먹는 걸 그리 해석한다는 말.

어이가 없었다.

여기가 군대니까 일당이 그리 책정된 건데 겨우 밥 한 끼 얻어먹는 걸 그런 식으로 생각하다니?

간부들의 술렁임 속에 박희재가 말을 이어 나갔다.

"그러니 나가서 밥이든 뭐든 아무것도 얻어먹지 마. 이건 상급부대 지침이야."

여기저기서 터져 나오는 탄식.

참 야박하다고 생각했다.

그건 대한도 마찬가지였다.

그때, 박희재가 대한을 보며 물었다.

"그런 의미에서 우리 김 소위는 어떻게 생각하냐? 왜 그런 시선과 지침이 내려오는 것 같아?"

또다시 질문할 거라는 건 이미 예상하고 있었다.

여기서 제일 만만한 사람이 바로 대한이었으니까.

대한은 잠시 고민한 끝에 대답을 내놓기 시작했다.

"……일부 사람들은 그렇게 생각할 수도 있지만, 또 어떤 사람들은 실제로 대가를 받고 대민지원을 나간 부대를 본 적이 있어 그런 말들을 하는 것 같습니다."

그 말에 간부들은 물론 박희재의 얼굴에 흥미로움이 떠올랐다.

"계속해 봐."

"예, 상급부대분들이 머리가 나쁘신 분들도 아니고 여기가 군대라는 점을 고려했을 때 실제로 그런 사례들이 있었기에 그런 지침을 내린 게 아닐까 싶습니다."

"그래서, 그런 경우를 애초에 방지하기 위해 이런 교육도 하는 거다?"

"예, 대민지원은 최소 영관급 지휘관의 승인이 필요한데 만약 정말 그런 사례가 있었다고 한들 영관급 장교의 비리를 사고 사례로 교육하기엔 군도 부끄럽지 않겠습니까. 그러니 이런 지침이 내려진 게 아닐까 싶습니다."

"흠, 네 말을 들어 보니 그럴 수도 있겠다는 생각이 드는구만."

진실은 당사자들만 알 테지만 적어도 대한이 생각하기엔 그랬다.

그래서일까?

간부들의 사기가 묘하게 꺾였다.

기분 좋게 출동해도 모자랄 판에 이런 취급을 받으면 누가 지원을 나가고 싶을까?

하지만 지원은 나가야 하는 법.

박희재가 분위기를 환기시키며 말했다.

"자! 일단 소대장 말처럼 상급부대 지침으로 내려온 거야. 하지만 사고 사례는 전파된 것이 없으므로 괜한 추측들은 하지 말길 바란다. 그리고 아무리 그런 말을 들어도 우린 군인이다. 스스로에게만 떳떳하면 되는 거야. 그러니 다들 이상한 생각들 말고 대대 차원에서 병력들에게 줄 부식을 챙겨 가는 것으로 마무리 짓자. 중대장들, 문제없지?"

"예! 그렇습니다!"

밀려 있던 대대, 중대 운영비를 한 번에 털 기회였다.

중대장들도 흔쾌히 대답했고 박희재는 그들의 대답에 고마움을 느꼈다.

"그래, 그렇게 준비하는 것으로 하고 병사들 좋아하는 거 간단하게 종합해서 2중대장이 나한테 보고해. 피엑스에는 물량 챙겨 달라고 내가 직접 말할 테니까."

"바로 종합해서 오전 중으로 말씀드리겠습니다."

정우진이 대답과 동시에 중대장들에게 눈빛을 보냈고 모두들 빠르게 고개를 끄덕였다.

박희재가 말했다.

"흠흠, 내가 괜한 이야기를 해서 간부들 사기를 떨어뜨린 것 같네. 이왕 도와주는 거 기분 좋게 일하자. 알겠지?"

"예!"

"좋아, 해산."

이윽고 박희재가 떠난 뒤 다른 간부들도 각자의 중대로 흩어져 일과를 준비하기 시작했다.

그때, 이영훈을 따라 중대로 올라가려는 대한을 여진수가 붙잡았다.

"대한아."

"소위 김대한?"

"잠깐만 와 봐."

여진수는 본인의 자리로 대한을 데리고 가 의자를 내밀었다.

"앉아 봐."

"무슨 일 있으십니까?"

이 양반이 갑자기 왜 이러지?

여진수의 표정에는 근심이 가득해 보였다.

그래서 더 불안했다.

보통 이런 식의 대화는 별로 좋은 게 아니었으니까.

아니나 다를까, 여진수는 얼마간 대한을 쳐다보더니 조용히 말을 잇기 시작했다.

"……군대가 마음에 안 들지?"

"갑자기 그게 무슨 말씀이십니까?"

"다 안다. 나라고 좋겠냐. 그냥 사명감만 가지고 하는 거지. 안 그래?"

대한은 그제야 여진수가 왜 자신을 불렀는지 알았다.

아까 전에 박희재의 물음에 대한 대답 때문이었다.

'나를 군대에 불만이 많은 사람으로 봤구나.'

물론 전생에 불만 많은 군 생활을 해서 그런 대답이 나올 수 있었던 건 맞는데…… 묘하게 억울했다.

지금은 딱히 불만이 없었으니까.

'굳이 불만이라고 해 봤자 당직 근무비 정도?'

그렇기에 얼른 여진수의 말을 부정했다.

"오해십니다. 과장님. 그냥 상급부대 관점에서 생각해 본 추측이었을 뿐입니다. 무시하셔도 됩니다."

"아냐…… 내가 너 같은 애들을 한두 번 봤겠냐. 딱 너처럼 군 생활 열심히 해서 군대 바꾸겠다는 애들, 결국 본인의 힘으로 안 될 것 같으니까 전역해 버리더라. 넌 그런 선택하지 말라고."

음.

그런 사례가 있었다면 이렇게 염려할 만하지.

그도 그럴 게 여진수는 대한을 정말로 아꼈으니까.

"진짜 오해십니다. 제가 뭐라고 군대를 바꾸겠습니까."

"난 네가 나랑 같이 오래 군 생활했으면 좋겠다."

"저도 그렇습니다."

"그래, 군대에 대한 불만이 생기면 언제든지 찾아와라. 혼자 답답해하는 것보단 누군가에게 털어놓으면 좋잖아."

"예, 알겠습니다. 정말로 불만은 없지만 만약에라도 진짜 백만분의 일의 확률로 그런 일이 생기면 바로 과장님부터 찾겠습니다."

여진수는 그제야 표정을 풀고 대한의 등을 토닥였다.

"믿는다."

"예, 불만 없다는 것도 같이 믿어 주십쇼."

"하하, 알겠다."

"저 그럼 준비하러 가 봐도 되겠습니까?"

"그래, 얼른 올라가 봐."

대한은 의자에서 일어나 정작과의 문을 열고 나가려고 했다. 그 순간, 좋은 아이디어 하나가 떠올랐다.

"저…… 과장님?"

"응?"

"개선 가능한 불만 사항이 하나 있습니다."

"……아깐 백만분의 일이라며."

"그 낮은 확률을 뚫은 것 같습니다."

여진수는 대한을 어이없다는 듯 바라봤고 대한은 자연스레 밀어 넣은 의자를 다시 꺼내 여진수 옆에 앉았다.

"뭔데?"

"대민지원 나가는 병사들 말입니다. 부식 같은 것도 중요하긴 한데 다른 것도 좀 챙겨 주면 어떻겠습니까?"

"다른 거? 뭐, 휴가?"

휴가도 좋은 대안이었다.

하지만 일과를 대신해서 하는 것이었기에 명분이 약했다.

"주말에 나가는 거라면 휴가 부여하는 게 맞겠지만 평일이라면 지휘관분들이 지휘부담을 느끼실 겁니다."

"그렇지. 그럼 뭘 주자고?"

"봉사 활동 시간을 부여하는 게 어떻겠습니까?"

"봉사 활동?"

"예, 병사들 태반이 대학생이고 나중에 취업도 해야 할 텐데 그런 병사들을 위해 봉사 활동 시간을 좀 챙겨 주면 좋을 것 같습니다. 요즘은 봉사 활동 시간을 채워야 졸업시켜 주는 학교도 있습니다."

"흠."

확실히 좋은 생각이었다.

일이 아닌 나중을 위한 선행 봉사라고 생각하면 짜증이 좀 줄 테니까.

하지만 문제가 하나 있었다.

"좋아, 역시 기대를 저버리지 않는구만. 근데 좋은 생각이긴 한데 그건 누가 주냐? 알지? 부대에선 못 주는 거?"

이미 시작부터 난관이었다.

그러나 방법은 있었다.

이런 것들을 제안할 땐 반드시 해결책도 함께 제시해야 했으니까.

대한이 책상에 놓인 여진수의 휴대폰을 가리키며 말했다.

"영천 시청이 있지 않습니까."

"시청? 거기서 봉사 활동 시간을 줄 수 있어?"

"방법은 그쪽에서 찾아야 하는 것 아닙니까? 저희가 도와주는 건데."

여진수는 대한의 뻔뻔함에 순간 당황했다. 하지만 이내 틀린 말이 아니란 것을 알았고 생각을 정리하기 시작했다.

"그렇지…… 봉사 활동 시간 챙겨 달라고 요구하면 어떻게든 해 주겠지."

"저희는 지역 주민들 눈치 많이 안 보지만 그쪽은 눈치를 보지 않습니까. 충분히 가능할 겁니다."

대한의 말에 여진수가 고개를 끄덕이자 이때다 싶어 말을 이어 나갔다.

"중대별로 지원 나가는 인원들 종합해서 인사과장에게 전달하고 인사과장이 영천시에 협조 보내면 인원 종합도 간단하지 않습니까. 과장님이 말씀만 전달해 주시면 될 것 같습니다."

"그렇겠네. 근데 어째 너는 이 계획에서 쏙 빠진 것 같다?"

"저는 일개 소대장이지 않습니까. 저 같은 소위는 이런 일에 낄 짬이 아닙니다."

"맞지, 맞는데…… 왜 난 소령 달고 소위한테 짬 맞는 것 같지?"

"오늘 오해가 많으신 것 같습니다. 과장님."

여진수는 대한을 강하게 노려보다가 이내 미소를 지었다.

"그래, 들어 보니 대대장님도 좋아하실 계획인 것 같다. 역시 네가 생각이 신선하고 좋아. 내가 알아서 시청이랑 협조해서 봉사 활동 시간 받아 올 테니까. 그럼 이제 소대장으로서 일하러 가 봐."

"예, 알겠습니다. 오늘 하루도 열심히 일하고 오겠습니다."

"오냐, 고생해라."

"고생하십쇼, 충성!"

목표를 달성한 대한은 빠르게 정작과를 벗어났다.

동시에 인사과장 고종민에게 조금 미안한 감정이 들었다. 고종민은 가만히 있다가 일거리가 늘어난 셈이니까.

'어쩔 수 없다. 인사(人事)가 만사(萬事)라고 인사과장한테 일 넘

어가는 거야 항상 있는 일이지.'

장기라는 왕관을 쓰려면 왕관의 무게를 견뎌야 하는 법.

그나저나 여진수 그 양반은 참 사람을 잘 보는 듯했다.

군대를 뜯어고치겠단 생각은 없었지만 바꿀 수 있는 건 바꾸면 좋겠다고 생각하는 게 바로 대한이었으니까.

'나중에 종민이한테 술이나 한 병 더 줘야지.'

대한의 발걸음이 가볍다.

✕

대한은 울타리 순찰 준비를 위해 얼른 숙소로 향했다. 그런 다음 종이 가방에 비밀 병기 하나를 챙긴 후 수송부로 향했다.

물론 차량이 필요해서 간 건 아니었다.

수월한 울타리 작업을 위해 수송부에서 챙겨야 할 것이 있었기 때문이다.

잠시 후, 수송부 사무실에 도착한 대한은 류승진을 찾았다.

"류승진 원사님?"

"……저요?"

회의를 끝내고 돌아온 류승진이 마침 소파에 누워서 쉬는 중이었다.

대한은 그 모습이 익숙했기에 자연스럽게 맞은편에 가서 앉았고 놀란 류승진이 몸을 일으켰다.

대한이 너스레를 떨며 말했다.

"역시 수송부 소파가 제일 편한 것 같습니다."

"수송부에 와 보신 적 있으십니까? 전 여기서 소대장님 얼굴 처음 보는 것 같은데? 그나저나 무슨 일이십니까?"

물론 처음 보겠지.

전생에 많이 왔으니까.

그러나 대한은 전혀 아랑곳 않고 이곳에 온 목적을 이야기하기 시작했다.

"철근 좀 얻으러 왔습니다."

"철근이라니, 수송부에서 철근을 왜 찾습니까?"

"철근 냄새가 진하게 나서 왔습니다."

"냄새라뇨? 무슨 말씀을 하시는 건지 전……."

"정비고 맨 왼쪽 케비넷 뒤."

대한의 말이 끝나기 무섭게 류승진의 동공이 확장됐다.

체크 메이트.

딱 걸렸어.

대한이 입꼬리를 쓱 올리며 말했다.

"많이는 안 가져가겠습니다. 조금만 잘라 주십쇼. 저희 중대에서 지원 중대 울타리까지 보수해야 하다 보니 너무 서운하게 생각하지는 마셨으면 합니다. 아, 물론 맨입으로 달라는 건 아닙니다."

대한은 그 말과 함께 가지고 온 비밀 병기를 테이블에 올렸다.

"이건…….”

"스물한 살. 이름은 발렌타인이라고 하는데…… 어떻게, 이 정도면 마음에 드실런지?”

그 말에 류승진의 동공이 다시 축소되었고 동시에 입꼬리가 올라갔다.

전생에 대한과 류승진은 자주 커피를 마시며 담배를 피우고는 했다.

철근의 위치는 그때 알게 된 것.

'몇 년 전에 수송부 보수 공사를 하고 나서 남은 자재라고 했지. 지원 중대 행보관이랑 전역할 때 가져가서 판다고 그랬었지 아마?’

그렇게 많지는 않았기에 갖다 판다고 해도 얼마 나오진 않겠지만 그래도 술값 정도는 나올 터.

물론 그전에 필요하면 쓰려고 했겠지만 수송부에서 철근을 쓸 일이 뭐가 있겠는가.

그래서 술 한 병 챙겨 왔고 당당하게 말했다.

나중에 팔아 술 마시나 지금 술로 바꿔 먹나 똑같을 테니.

류승진이 자리에서 일어나며 말했다.

"이것의 존재에 대해 어디서 들으셨는진 묻지 않겠습니다.”

"현명하신 선택입니다.”

잠시 후, 류승진이 케비넷을 옮기자 케비넷 높이의 철근들이 가지런한 모습으로 벽에 잘 고정되어 있었다.

그놈 참 크고 우람하기도 하지.

쇠말뚝을 닮은 그것들은 보기만 해도 참 든든했지만 저대로 가져가기엔 너무 길었다.

대한이 이어서 주문했다.

"꺼내주시는 김에 반으로 잘라 주시면 안 되겠습니까? 잘라 만 주시면 들고 가는 건 알아서 들고 가겠습니다."

"안 될 게 뭐가 있겠습니까, 무려 스물한 살인데."

"역시 호쾌하십니다. 안 그래도 아저씨가 원사님 칭찬 많이 하셨습니다. 그 정도 굴삭기 실력이면 사회에서 월에 천만 원은 우습게 버셨을 거라고 말입니다."

"그래요? 안 그래도 전역하고 나가면 굴삭기나 좀 탈까 싶었는데……."

"한 번 물어봐 드립니까? 아마 연락만 하면 자리는 바로 알아봐 주실 겁니다."

"에이, 됐습니다. 전역하려면 아직까지 많이 남았구만…… 내려가 계시다가 한 30분 뒤에 올라오십쇼. 그때까지 다 잘라 놓을 테니."

"알겠습니다. 그럼 잘 좀 부탁드리겠습니다."

"예예."

덕분에 스무스한 분위기 속에서 철근 거래를 마칠 수 있었다.

※

    그로부터 30분 뒤, 대한은 류승진이 말한 시간에 맞춰 병력들과 수송부를 방문했고 정확히 절반이 된 철근들을 획득할 수 있었다.

"잘 쓰겠습니다, 감사합니다."

"예, 저도 잘 마시겠습니다."

거래를 마친 대한은 이윽고 사격장 가는 길에 이영훈을 만나 함께 올라갔다.

이영훈이 병사들이 들고 있는 철근들을 보며 물었다.

"저거 철근 아냐? 저건 또 어디서 구했냐?"

"수송부에서 주웠습니다."

그 말에 이영훈이 황당한 표정으로 대한을 보았다.

"……말이 되는 소릴 해라. 저 비싼 철근을 어떻게 주웠다는 거야? 수송부 사람들은 눈 뜬 봉사냐?"

"진짭니다. 수송부에 있길래 류승진 원사한테 잘라 달라고 했습니다."

그 말에 이영훈이 고개를 연신 갸웃거렸다.

"이상하다, 철근이 남아 있을 리가 없을 텐데…… 근데 류승진 원사가 잘라 줬으면 뭐 진짜 있었나 보지. 저거, 울타리 보수할 때 쓸 거지?"

"예, 맞습니다. 펜스 수리할 때 저것만큼 편한 것도 없지 않습니까."

"맞지, 없어서 못 쓰지. 근데 내가 그걸 말해 준 적 있었나?"

"뭘 말씀이십니까?"

"보수 작업에 철근이 좋다고."

말해 줬을 리가 있나.

다 짬에서 나온 바이브지.

대한이 웃으며 말했다.

"저번에 지나가듯이 한번 말씀해 주신 걸 기억하고 있었습니다."

"그래? 아니 난 또 네가 혼자 생각해 낸 줄 알았지. 중대장이 소대장 반도 못 따라간단 소리 듣기 싫다. 천천히 가라."

이영훈이 웃으며 대한의 어깨를 툭 쳤다. 하지만 저 말 속에 숨겨진 감정을 대한은 잘 알고 있었다.

'첫 중대장으로 와서 소대장들 관리하기 쉽지 않겠지. 그런 와중에 소대장이 너무 잘하면 중대장으로서 기쁘긴 하지만 한편으론 또 부담인 법.'

이는 권위의 문제였다.

계급이 있기에 그 권위는 무조건 지켜져야 했다.

하지만 지켜보는 병사들이 있기에 지키기가 쉽지 않았고 아무래도 요즘 대한의 그림자에 가려진다는 느낌을 받은 모양.

대한도 비슷한 경험을 해 보았기에 이영훈의 심정을 잘 이해했고 그래서 최대한 조심하려고 했다.

"중대장님한테 군 생활 잘 배워서 다른 분들도 인정해 주시는 것 같습니다. 그리고 아직 배울 게 많으니 앞으로도 많은 지도 부탁드리겠습니다."

"새끼, 또 아부 시작한다. 알겠다. 열심히 가르쳐 줄게."

"예, 감사합니다."

잠시 후, 사격장에 도착한 이영훈은 생각지도 못한 광경에 입을 벌릴 수밖에 없었다.

"……저게 뭐냐? 언제 저렇게 된 거야?"

놀랄 만도 했다.

현재 사격장은 산에 숨어 있던 쓰레기들이 죄다 쓸려내려 온 듯한 모양새였으니까.

예컨대 부서진 나무와 뿌리째 뽑힌 이름 모를 풀들, 그리고 몇 년 동안 쌓여 있던 낙엽들이 모조리 쓸려 내려와 사격장 전체를 뒤덮고 있었다.

이런 상황을 예상하고 있던 대한도 숨이 턱 막힐 수준인데 이영훈은 오죽할까.

그때, 이영훈이 다급하게 말했다.

"사로! 이거 사로에 들어갔으면 대참사다."

뒤늦게 사로의 존재를 떠올린 이영훈은 사로를 확인하기 위해 얼른 뛰어갔고 대한은 놀란 병사들을 대기시킨 뒤 이영훈의 뒤를 따랐다.

그리고 들을 수 있었다.

안도감 섞인 이영훈의 헛웃음을.

대한이 웃으며 말했다.

"중대장님, 이런 타이밍에 말씀드려도 될진 모르겠지만 저는 소고기가 좋습니다."

대한의 말에 이영훈이 이마를 짚으며 말했다.

"그래…… 한우…… 한우로 가자."

"후후, 감사합니다. 그럼 조만간 예약하고 말씀드리겠습니다."

대한은 그 어느 때보다 당당하게 어깨를 펴고 말했다.

그도 그럴 게 사로의 뚜껑들이 모래마대로 견고하게 닫혀 있었으니까.

사격장 전체는 못 막아도 사로만큼은 철저하게 사수한 것.

이것만 되어 있어도 할 일이 반절 이상은 준 것이나 마찬가지인 셈.

안 그래도 피해 복구에 스트레스를 받고 있던 이영훈에겐 단비 그 자체였다.

이영훈이 다시금 허탈하게 웃으며 말했다.

"대한아, 그냥 계속 내 소대장 해 주면 안 되겠냐?"

"같이 진급하지 말자는 말씀이십니까?"

"……그만큼 마음에 든다는 거지. 그때 너랑 작업 간 인원이 누구지?"

"옥지성 상병입니다."

"내가 너 휴가는 못 챙겨 줘도 지성이만큼은 꼭 휴가 챙겨 줘야겠다."

그때, 시야에 옥지성이 보였고 순간 눈이 맞은 두 사람은 조용히 엄지를 치켜들며 뿌듯함을 공유했다.

'자식, 이젠 나 따라다니고 싶어 환장하겠네.'

따라다닐 땐 좀 고생하더라도 보상이 이렇게 달콤하다면 병사들 입장에서 마다할 리가 없었다.

대한은 소대원들을 챙겨 주는 이영훈에게 감사의 말을 전했다.

"감사합니다. 중대장님."

"내가 더 고맙지. 일단 사격장은 보고만 하고 울타리나 빨리 보수하고 내려가자. 계속 비 온다고 오전 중에 대충 마무리하라고 오후에 회의 하자시더라."

"예, 애들 데리고 오겠습니다."

이영훈은 대한이 병력들을 데리러 간 사이 휴대폰으로 현장 사진을 찍어 두었다.

당연히 보고를 위한 사진이었고 이 사진 덕분에 대한은 또 한 번 주목받게 될 예정이었다.

✻

대한과 이영훈은 병력들을 이끌고 울타리를 돌았다.

가파른 오르막 끝에 설치해 놓은 울타리였기에 피해가 그렇게 크지는 않았다.

다만 매번 대충 막아 놓았던 토끼굴들이 이번에 내린 비로 인해 엄청나게 커져 있다는 것만 빼면 말이다.

이영훈은 벌집을 연상케 하는 구덩이들을 보며 한숨을 푹 내쉬었다.

"두더지 잡기도 아니고 뭔 놈의 굴이 한 발자국 걸러 하나씩 있냐."

"그래도 철근이 있어서 바로바로 보수하고 넘어가지 않습니까."

철조망을 수리하는 방법은 다양했다.

비슷한 굵기의 철사로 똑같이 만들 수도 있고 주위에 굵은 나무나 돌을 이용할 수도 있다.

그런데 그런 방법들은 시간이 많이 걸렸고 그에 반해 철근은 그냥 바닥에 잘 박아 놓기만 하면 됐다.

그래서 철근을 챙겨 온 것.

이영훈이 고개를 끄덕이며 말했다.

"그래, 그건 참 다행이다. 철근 없었으면 진짜 큰일 날 뻔했어."

구덩이가 보이는 족족 철근을 박아 넣어 사람이 통과하지 못하게 만들었다.

만약 철근이 없었다면 또 어디서 돌을 잔뜩 주워 와 저 큰 구덩이를 일일이 메우고 있었겠지.

대한은 이영훈의 말에 공감한다는 듯 고개를 끄덕이며 말했다.

"그래도 지원 중대 구역까지 가려면 서둘러야 할 것 같습니다."

"아참, 지원 중대 울타리도 돌아야 하지? 하, 빨리 가자."

"예, 알겠습니다."

서둘러 1중대 구역 작업을 마친 이영훈은 이어서 지원 중대 구역으로 향했다.

그런데 그곳은 더 가관이었다.

그도 그럴 게 거대한 나무 한 그루가 울타리를 짓누르고 있었으니까.

'예전에 지원 중대가 고생했다는 게 저거였구만.'

전생에선 1중대가 지원 중대 구역을 보수해 주지 않았다. 당시에는 엉망이 된 사로 치우기에도 바빴으니까.

그래서일까?

뭔가 좀 억울했다.

명춘식과 철근의 활용으로 꽤 많은 작업량을 제거하긴 하였으나 그 덕분에 지원 중대 구역까지 작업하게 됐으니 어찌 보면 노동량 자체는 그대로란 생각이 들었기 때문이다.

'질량 보존의 법칙도 아니고 고생의 총량은 동일하다는 건가?'

쉽게 해결하기 위해 명춘식을 불렀건만 이렇게 또 없던 고생을 하다니.

한숨이 절로 나오는 순간이었다.

그리고 그러한 생각은 이영훈도 마찬가지인 모양.

"세상이 날 싫어하는 것 같다."

"그러게 말입니다. 중대장님만 싫어하시지 왜 저까지……."

"뭐야?"

"농담입니다. 그보다 이 울타리는 아예 못 쓸 것 같습니다. 철조망이 다 끊어졌습니다."

"그럼 나무를 잘라도 소용없잖아?"

"그럴 것 같습니다. 오히려 더 뻥 뚫린 느낌일 것 같습니다."

옛날에 지원 중대가 이걸 어떻게 처리했더라?

그때, 대한의 머릿속에 좋은 생각이 떠올랐다.

'그래, 현질을 했으면 제대로 써먹어야지.'

대한이 말했다.

"중대장님, 제게 좋은 생각이 있습니다."

"뭔데?"

"남은 구역들부터 돌아보고 거기부터 우선적으로 철근 박은 뒤에 남은 철근들 전부 다 여기에 박는 게 어떻겠습니까?"

"무슨 말이야? 철근으로 뭘 어쩌겠다고?"

그 물음에 대한이 나무를 가리키며 설명을 시작했다.

"저희가 부대의 경계를 위해 울타리를 장애물로 만들어 놓은 것 아닙니까."

"근데 그 장애물이 망가졌잖아."

"예, 맞습니다. 하지만 저희가 만든 장애물 대신 다른 장애물이 생겼잖습니까."

"인공 장애물 대신 자연 장애물이라…… 맞는 말이긴 한데 장애물치곤 이동에 방해가 안 되는데?"

나무가 울타리를 쓰러트리고 자리를 대신하고 있다지만 충분히 사람이 드나들 만했다.

그래서 문제였다.

대한이 고개를 끄덕이며 말했다.

"맞습니다. 그래서 이 장애물을 한 단계 더 강화시키려고 합니다."

"강화?"

"나무에 철근을 다 박아 버리면 되지 않겠습니까?"

"아!"

대한의 말이 끝나기 무섭게 이영훈이 함박웃음을 지었다.

"괜찮다. 그러면 울타리 역할을 할 수 있겠어. 철근 많이 남았지?"

"예, 지금 있는 물량으로 충분할 것 같습니다. 하지만 남은 구역에 구덩이가 많다면 부족할 수도 있을 것 같습니다."

"그래서 나머지 구역부터 확인하자고 한 거구만. 그럼 빨리 다녀오자."

"에이, 왜 그러십니까?"

대한이 서둘러 움직이려는 이영훈을 막아서며 말했다.

"우르르 갈 필요 있겠습니까? 한두 명만 가면 되지."

"그것도 그러네. 내가 갔다 올까?"

"에이, 중대장님을 어떻게 보내겠습니까? ……야, 지성아!"

대한은 뒤를 돌아 옥지성을 불렀고 부름을 받은 옥지성이 바로 튀어왔다.

"상병 옥지성!"

"지원 중대 구역 어디서부터 어디까진 줄 알고 있지? 전우조 하나 데리고 여기서부터 끝까지 철근으로 막아야 될 구멍이 몇 개인지 좀 확인하고 와."

"……제가 말입니까?"

"응, 왜?"

"아니, 제 밑에 애들 수두룩한데 왜 하필 절……."

"아, 내가 그 말을 안 해 줬나 보네."

대한이 옥지성에서 이영훈으로 시선을 옮기며 말을 이었다.

"중대장님이 사로 뚜껑 잘 달아 놨다고 휴가 챙겨 주신다고 하셨단 걸."

내 귀에 캔디.

꿀처럼 달콤했니.

이것만큼 달콤한 속삭임도 있을까?

휴가란 말에 옥지성의 입이 벌어지기 시작했고 두 사람의 대화를 경청하던 이영훈도 얼른 한마디 거들었다.

"이런이런…… 난 소대장 말 잘 듣는 충성스러운 분대장인 줄 알고 휴가를 주려고 했는데 이런 식이면 좀 곤란한데?"

그러자 옥지성이 사뭇 비장해진 눈빛으로 말했다.

"전우조 같은 건 필요 없습니다. 제 속도를 따라올 수 있는 사람은 아무도 없기 때문입니다."

"10분이면 되냐?"

"5분이면 충분합니다. 바로 다녀오겠습니다."

그 말과 함께 쏜살같이 튀어 나가는 녀석.

역시 군인에게 휴가만 한 게 없다.

그로부터 얼마 뒤, 옥지성은 정말로 5분 만에 복귀했고 숨을 헐떡이며 손가락 3개를 펼쳐 보였다.

"3군데? 오케이. 중대장님, 3개만 빼고 다 작업하면 될 것 같습니다."

"오케이. 자, 주목!"

남은 구역을 확인한 이영훈은 병력들에게 **빠르게** 작업 지시를 내렸다.

애초에 어려운 일이 아니었다.

그냥 나무에 그냥 철근을 박아 넣어 임시 울타리를 만드는 게 전부였으니까.

주의 사항이 있다면 사람이 지나다니기 힘들게 **촘촘하게** 만들어야 된다는 것과 작업 중 다치지 않는 것 정도.

지시 전 작업 교육을 마친 이영훈은 옥지성을 데리고 남은 구덩이들을 메우기 시작했고 대한은 그사이 직접 오함마를 들고 병력들과 함께 나무에 철근을 박기 시작했다.

속전속결이었다.

얼마 뒤 이영훈이 다시 돌아왔을 때쯤 작업이 전부 끝난 걸 본 이영훈이 만족스러운 표정으로 사진을 찍었다.

"자, 이제 돌아가자!"

"예!"

복귀하는 대한이 조용히 미소 지었다.

전생과는 비교도 할 수 없을 정도로 작업이 빨리 끝났기에.

✳

오후 일과를 시작하기 전, 박희재는 다시 한번 지휘 통제실로 전 간부들을 불러 모았다.

울타리 점검에 대한 보고를 직접 듣고 전달사항들을 전파하기 위함이었다.

그런데 모인 간부들이 몹시 피로해 보였다.

오전에 비를 맞으며 일한 탓이었다.

그래서 어떤 간부는 졸지 않기 위해 자리에서 일어나 있었다.

퀴퀴한 냄새 속에서 회의가 시작됐다.

"다들 오전에 고생 많았다. 오후에는 병력들이랑 대민지원 준비를 하기 바란다."

"예!"

"그래, 오전 점검 동안에 특이 사항 있었나? 1중대부터 말해
봐."

박희재의 턱짓에 이영훈이 수첩에 적어 온 것들을 확인하며
말하기 시작했다.

"1중대 보고드리겠습니다. 점검 간 특이 사항으로 사격장에
산사태가 발생하였습니다. 사격장 전반에 산에서 내려온 토사
물들이 쌓여 있었고 기상 상황이 좋아지면 바로 조치할 예정입
니다."

"산사태…… 1중대가 고생이 많겠구만. 시설물에 문제는
없고?"

"예, 영점사격장 차양대, 사격통제탑 모두 이상 없었습니다.
그리고 사로 또한 미리 대비를 해 둔 덕분에 괜찮았습니다."

"미리 대비를 해 둬? 1중대 참 부지런해. 언제 그런 것까지
해 뒀대?"

"1소대장이 비가 오는 걸 보고 예방해 두었습니다."

"1소대장? 누구? 대한이?"

"예, 그렇습니다."

박희재가 한쪽 입꼬리를 올리며 대한을 보았고 대한이 즉각
관등성명을 대며 말했다.

"소위 김대한! 평소 1중대장이 조언해 준 상황에 익숙해지면

뭔가 놓치는 것이 있을 수도 있다는 말이 생각나 사격장을 미리 점검했고 혹시 몰라 미리 조치도 해 두었습니다!"

그 말에 이영훈은 조용히 입꼬리를 올렸다.

저런 말은 해 준 적도 없는데 일부러 자기 체면을 살려 준 것이었으니까.

대한의 말에 박희재가 흡족하다는 듯 고개를 끄덕이며 두 사람 모두 칭찬했다.

"콩 심은데 콩 나고 팥 심은데 팥 난다더니 역시 그 중대장에 그 소대장이구만. 잘했어. 아주 보기 좋은 듀오야."

"감사합니다!"

덕분에 분위기가 한결 가벼워졌고 이영훈이 마저 보고를 이어 나갔다.

그때였다. 갑자기 지휘 통제실 전화기가 울린 건.

여진수는 또 유관기관인가 싶어 얼른 전화기를 들었다.

"예, 부대입니다. 예? 아, 충성! 알겠습니다!"

편한 자세로 전화를 받던 여진수가 갑자기 경례하더니 박희재에게 전화기를 내밀었다.

"단장님이십니다. 엄청 급한 일이시라고……."

"뭔데?"

박희재가 궁시렁대며 전화를 받았다.

"예, 충성. 대대장입니다. 무슨 일 때문에 전화를…… 예? 작전사 참모장님께서 지금 우리 부대로 오고 계신다구요?"

작전사 참모장이 갑자기 여길 왜 와?

근데 작전사 참모장이면 소장인데 소장이면 투스타잖아?

소식을 들은 다른 간부들의 얼굴에 불길한 기운이 깃들기 시작했다.

✖

…시간은 거슬러 박희재가 대대 간부들을 모아 회의를 하기 전, 그 시각 이원영은 단장실에서 휴식을 취하던 중 한 통의 전화를 받았다.

"예, 공병단장입니다."

ㅡ어, 나 작전사 인사처장인데.

"추, 충성! 인사처장님께서 어쩐 일로 전화를……."

2작전 사령부 인사처장.

요직이라 할 순 없지만 준장에 오른 육군의 별.

그렇기에 이원영이 깜짝 놀라 자세를 바로 했고 이원영의 호들갑에 인사처장이 웃으며 답했다.

ㅡ허허, 뭘 그리 긴장하고 그러나. 다름이 아니라 좀 전에 참모장님께서 자네 부대로 출발하셨으니 미리 알고 있으라고 전화했네.

"참모장님이 말씀이십니까?"

아니, 그러니까 갑자기 왜요?

그 이유에 대해선 인사처장이 바로 설명해 주었다.

―어제 뉴스 봤나?

뉴스?

설마 박희재랑 같이 본 그 뉴스?

당연히 봤다.

박희재 그 녀석이 어찌나 자랑을 해대던지.

그리고 아니나 다를까, 인사처장이 말하는 뉴스도 그 뉴스를 뜻했다.

"아, 예. 물론입니다. 저희 예하대대에서 한 인터뷰 말씀이시죠?"

―그래. 군인다운 일을 했는데 당연히 누군가는 칭찬해 주러 가야 하지 않겠나. 지금 참모장님이 가는 것도 사령관님께서 직접 참모장님을 보내신 거니 그렇게 알아두라고.

"사령관님까지…… 높은 분들이 관심을 많이 가지고 계셨나 봅니다."

―하하, 어제 우리 쪽 의견도 무시하고 나간 거 아닌가. 당연히 관심을 가질 수밖에.

"……그 일은 다시 한번 죄송합니다."

―아닐세, 개인적으로 난 자네들이 잘했다고 생각하고 있으니 나한테까지 죄송할 필요는 없네. 그리고 결론적으로 일이 잘되었으니 나뿐만 아니라 다른 사람 그 누구에게도 죄송할 필요 없고.

어제 작전사에서 전화 온 것만 해도 최소 열 통은 넘었다.

하지만 이원영은 박희재와의 약속대로 지휘계통을 통한 명령이 아니면 명령을 듣지 않겠다고 끝까지 엄포를 놓았고 나중엔 제발 철수해 달라고 상급부대에서 빌기까지 했다.

하지만 그래도 무시했다.

'작전사에 말 안 듣는 공병단이라고 소문났겠구먼.'

그렇기에 만약 일이 잘 안 풀렸으면 그때 일에 대한 책임을 누군가는 져야 했을 터.

하지만 일이 잘 풀렸고 무려 참모장까지 와서 칭찬해 준다는 상황이 되었다.

그러나 이원영은 별로 달갑지 않았다.

그 어떤 군인도 장성의 방문은 별로 반기는 법이 없었으니까.

"감사합니다. 그래도 이렇게 갑작스럽게 방문하시면……."

─허허, 참모장님이 가신다는데 우리가 뭐 어쩌겠나. 원래는 아무 말도 하지 말라고 하시는 거 일부러 연락 준 거야. 시간을 보니 아마 곧 도착하실 것 같네. 점심 드시자마자 바로 출발하셨으니.

그럼 진짜 곧이잖아?

급하게 시계를 확인한 이원영이 하애진 얼굴로 말했다.

"처, 처장님! 이만 전화를 끊어야 할 것 같습니다."

─그러세, 고생하게나.

"예, 알겠습니다. 충성!"

이원영은 전화를 끊자마자 정작과장에게 이 사실을 알렸다. 그러고는 위병소로 뛰어나가며 박희재에게 바로 연락을 했다.

✳

박희재는 이원영에게 자초지종을 들은 뒤 대한과 함께 위병소로 이동했다.

아무것도 준비가 안 된 상황에 부대를 구경시켜 줄 생각은 없었으니까.

그래서 참모장이 도착하면 얼른 단장실로 모실 예정이었다.

위병소에 도착한 박희재가 미간을 찌푸리며 이원영에게 말했다.

"아니, 근데 이게 대체 무슨 일입니까?"

"너희 대대 칭찬하러 오신다잖아. 인사처장님 아니었음 참모장님 오시는 것도 몰랐을 거다."

"하……."

대한은 두 사람의 대화를 듣자마자 위병 근무자들과 함께 부대 앞에 설치된 바리케이드를 모두 한쪽으로 치웠다.

참모장의 차량이 직진으로 부대를 통과하게 하기 위함이었고 옛날 군인들이 좋아하는 행동이었다.

아니나 다를까, 그 모습을 본 이원영과 박희재가 헛웃음을 터뜨리며 말했다.

"소위가 이걸 알아?"

"역시 센스는 타고나는 거라니까."

"아무리 타고 나도 그렇지 이런 걸 어떻게……."

특히 이원영이 가장 신기한 눈초리로 대한을 봤다.

그리고 얼마 뒤, 멀리서 검은 세단 한 대가 보이기 시작했고 세 사람은 차량의 조수석 방향으로 건너가 일렬로 정렬했다.

"부대 차렷! 참모장님께 대하여 경례!"

"충! 성!"

세 사람은 세단이 위병소에 들어오기 직전 경례를 올렸고 위병소를 통과한 세단이 세 사람 앞에 멈춰 섰다.

이윽고 조수석 뒷자리 창문이 내려가며 참모장의 웃는 얼굴이 보였다.

"허허, 나 오는 줄은 어떻게 알고 이렇게 나와 있어?"

최한철 소장.

그는 굉장히 소탈한 인물로 예하부대에 방문하면서도 운전자 한 명만 데리고 왔다.

마치 동네 아저씨 같은 푸근한 모습.

그러나 상대는 별.

절대 긴장을 늦춰선 안 됐다.

별은 아무나 다는 게 아니었으니까.

'저렇게 보여도 장성까지 올라간 인물, 무슨 소리를 할지 몰

라.'

명분이야 뉴스 탄 것 때문에 칭찬하러 왔다지만 어쨌든 상급 부대의 지시를 어긴 원죄가 있긴 했으니까.

최한철의 물음에 이원영이 잽싸게 다가가 차렷 자세로 허리만 굽혀 답했다.

"작전사에서 전화로 알려 주셨습니다. 그래도 참모장님이 직접 방문하신다는데 저희가 나와 있어야 하지 않겠습니까?"

"거참 말하지 말라니까 그걸 또 말했네. 비 오는데 우산이라도 쓰고 있지. 왜들 그리 오버를 해? 타, 전투복 다 젖겠다."

"……예? 저희가 말씀이십니까?"

황송해서라기보단 세 명이 추가로 탑승해야 하는데 자리가 애매해서 되물었다.

물론 세단이라 탈 수야 있겠지만 그리 되면 최한철이 불편할 터.

그러나 최한철은 상관없다는 듯 재촉했다.

"단장이 조수석 타고 나머지가 뒷자리 타면 되잖아. 얼른 타. 나도 비 맞잖아."

"아, 예. 알겠습니다! 대대장 얼른 타."

이원영이 조수석의 문을 열자 대한과 박희재도 반대쪽 뒷자리를 향해 뛰었다.

박희재는 뒷자리를 열고 대한을 밀어 넣었고 결과적으로 대한이 뒷좌석 중간에 앉을 수밖에 없었다.

'아, 하필 중앙.'

끔찍했다.

대형 세단이라 아무리 뒷자리가 넓다지만 그래도 남자 셋이 붙어 앉은데다 하필이면 그 옆이 장성이라니.

그러나 최한철은 아무렴 상관없다는 듯 대한을 보며 빙긋 웃었다.

"네가 인터뷰한 소위구나?"

"소위 김대한! 예, 그렇습니다!"

쩌렁쩌렁 울리는 목소리.

절대 과하지 않았다.

상대는 별이었으니까.

대한의 군기 잡힌 모습에 이원영과 박희재는 안심했고 최한철도 흡족한 표정으로 고개를 끄덕이며 말했다.

"어휴, 차 안인데 귀청 떨어지겠다, 이 녀석아. 공식행사도 아닌데 편하게 있어도 괜찮아."

"아닙니다! 괜찮습니다!"

네 사람을 태운 차가 단 막사로 미끄러지듯 올라간다.

이동하는 내내 최한철은 대한이 재밌었는지 계속해서 말을 붙였다.

"전 국민이 보는 인터뷰에서는 아주 당당하더니 나한테는 왜 이렇게 얼어 있어? 내가 무섭냐?"

그럼 안 무섭냐?

당연히 무섭지.

군대에서 별이 어떤 존재인데 그런 질문을…….

심지어 최한철은 보통 인물이 아니었다.

대한의 기억이 맞다면 그는 영전에 영전을 거듭하여 머지않아 육군에 4명뿐인 대장이 될 인물이었다.

'참 관운이 좋은 양반이었지.'

2작전 사령부 참모장이라는 자리가 진급하는 요직은 아니었다.

또 최한철이 그리 특출 나서 진급한 것도 아니었고.

그럼에도 그가 진급한 이유는 그 위에 있던 놈들…… 소위, 잘나가던 장성들이 모두 사고로 군복을 벗게 되었기 때문이다.

물론 그렇다고 해서 그의 능력이 대장으로서 부족했냐?

그것도 아니었다.

그는 원래부터 대장의 그릇이었던 것처럼 대장이 된 후 후배들에게 아주 좋은 모범이 되어주었다.

그래서 긴장될 수밖에 없었다.

대한이 대답했다.

"아닙니다!"

"호오, 안 무서워?"

별의 되물음.

싸늘하다.

가슴에 비수가 날아와 꽂힌다.

하지만 걱정하지 마라.

대한은 1년 차도 아닌 2회 차 군인이었으니까.

대한이 비교적 담백하게 대답했다.

"예, 무섭지 않습니다!"

사실이긴 했다.

긴장이야 됐지만 겁날 이유는 없었다. 그가 아무리 별이라한들 자신을 잡아먹을 건 아니었으니.

그 말에 최한철이 너털웃음을 터뜨렸다.

"하핫, 나도 많이 죽었네. 야전에서 구르다가 사무실에 좀 있었다고 이러는 건가? 대대장 네가 데리고 있는 애지?"

최한철은 바로 박희재에게 화살을 돌렸다. 하지만 박희재도 별로 아무렇지 않은 양 여유로이 대답했다.

"예, 제 밑에 있는 소대장입니다. 멋있지 않습니까?"

그 말에 최한철이 웃으며 말했다.

"멋있긴 하다만 그래도 초급간부가 상급자 무서운 줄은 알아야 사고도 안 치고 그러지. 대대장이 너무 풀어 준 거 아냐?"

"하하, 아닙니다. 그런 거. 증거도 댈 수 있습니다."

"증거?"

"예, 참모장님 혹시 3사단 참모장 하시지 않으셨습니까?"

"어, 그랬지? 대대장이 어떻게 알지? 같이 근무한 적이 있었나?"

"같은 사무실에서 마주친 적은 없었지만 참모장님이 3사단에 계실 때 사단직할 공병대대에 있었습니다."

"오, 그래? 인연이 또 이렇게 되는구먼. 근데 그건 왜?"

"그때 혹시 초임 소대장 하나가 사단장님 마음의 편지 썼던 사건, 기억하십니까?"

그 말에 최한철이 호탕하게 웃으며 말했다.

"아, 기억나지! 그거 때문에 사단으로 소위들 다 호출했었잖아. 그때 대대장이 새로 온 소위를 얼마나 갈궜으면 그랬겠냐고, 그때만 생각하면 참……."

"그게 접니다."

"……응?"

박희재의 대답에 순간 최한철의 눈이 동그랗게 변했다.

대한도 최한철과 마찬가지로 박희재를 휘둥그레 커진 눈으로 쳐다볼 수밖에 없었다.

박희재의 말이 이어졌다.

"갓 대대장으로 왔을 때라 열정이 너무 넘치기도 했고 그 당시 소위들 중 제 마음에 드는 놈이 하나도 없었습니다. 그래서 좀 빡세게 굴렸더니 마음의 편지를 써 버리지 뭡니까. 결국 사단장님께 호출당해서 그러지 말라고 한 소리 듣긴 했지만…… 그래도 제 군 생활 기준이 바뀐 적은 없습니다."

"와…… 기억난다, 기억나. 그 당시에 징계하니 마니 말이 엄청 나왔었지. 그래서, 이 소위가 마음에 든다고?"

박희재가 대한을 보며 씩 웃으며 말했다.

"예, 요즘 이놈 군 생활 보는 맛으로 출근합니다."

"이야…… 그 정도라고? 내가 다른 사람은 몰라도 그때 공병 대대장 말이면 믿어야 할 것 같은데?"

"믿으셔도 됩니다. 제가 본 소위 중에 최고입니다."

"그으래?"

박희재의 말에 최한철이 눈빛을 빛내며 대한을 보았고 대한은 그 끈적끈적한 눈빛에 소름이 돋았다.

그래서 고개를 돌렸는데 박희재도 마찬가지였다.

마치 탐나는 무언가를 보는 듯한 그런 눈빛들.

대학원생 구하러 다니는 교수 눈빛이 저랬던 것 같은데…….

이윽고 차가 단 막사 정문에 도착했고 도착과 동시에 이원영이 재빨리 내려 최한철의 문을 열어 주었고 대한도 얼른 우산을 펼쳐 최한철의 머리에 씌워 주었다.

그러자 최한철이 웃음을 터트렸다.

"하하! 이 짧은 거리에 우산은 무슨, 괜찮다."

"아닙니다. 참모장님께서 혹시나 비를 맞으셔서 건강이 악화된다면 큰일 아닙니까."

"이야…… 대대장, 이 친구 원래 이러나?"

그 말에 박희재가 부끄럽다는 듯 대답했다.

"예, 좀. 그런 친구입니다."

"재밌는 친구구먼! 그래, 그럼 이제 들어가 보자."

최한철은 대한의 의전을 받으며 막사로 들어갔고 그 뒤를 이원영과 박희재가 뒤따랐다.

뒤에 따라가던 이원영이 미간을 찌푸리며 박희재에게 말했다.

"야, 저놈 왜 저렇게 오버하는 거냐?"

"왜, 귀엽잖아."

"아니, 하…… 그래, 내가 너한테 누굴 이야기하겠냐."

"참모장님도 껌뻑 죽으시더만, 뭘."

"그걸 네가 어떻게 알아? 아무튼 적당히 하라고 해. 대충 이야기하고 빨리 보내자고."

"알겠어, 알겠어."

"건성으로 듣지 말고 좀."

"아, 알았다니까."

"하…… 참모장님 앞에서 말조심이나 해라. 분명 사복 입었을 때만 편하게 이야기한다더니 요즘 왜 이렇게 막 나가?"

"제가요? 제가 그랬어요?"

이원영은 박희재의 깐족거림에 연신 고개를 내저었다.

잠시 후, 네 사람은 단장실에 들어갔고 이원영이 미리 준비시켜 놓았던 차를 들었다.

진한 향이 느껴지는 차 4잔이 각자의 앞에 놓여졌고 이원영이 자랑하듯 말했다.

"중국에서 직접 공수해 온 보이차입니다. 입맛에 맞으실지 모르겠습니다."

"이야, 이게 보이차야? 내가 먹었던 거랑은 좀 다른데?"

"이 보이차가 오래 묵은 거라 향이 더 진하고 맛이 좋을 겁니다."

"음, 어쩐지……."

최한철이 기분 좋게 차를 음미하자 그것을 본 박희재가 미간을 좁히며 말했다.

"같은 주둔지에 있으면서 이런 좋은 차가 있는 줄 처음 알았습니다."

"하하…… 자네한테도 자주 대접했던 것 같은데?"

"어유, 아닙니다. 저는 녹차 말고는 먹어 본 기억이 없습니다."

"크흠……."

이원영이 그만하라고 눈으로 욕설을 갈기자 박희재는 그제야 만족한다는 듯 차를 음미했다.

이내 차로 목을 축인 최한철이 입을 열었다.

"허허, 단장과 대대장이 동기라 그런지 사이가 좋구만. 그래서 뉴스에 그렇게 아무 보고도 없이 나올 수 있었던 거겠지…… 간도 크게."

그 순간, 세 사람의 허리가 바짝 세워졌다.

'그래, 칭찬을 떠나서 말 안 들은 건 사실이니까.'

박희재는 최한철이 온다는 말을 들었을 때부터 각오하고 있었는지 조심스럽게 입을 열었다.

"그 부분은 오로지 제 판단으로만 움직인 겁니다. 군에 피해를 끼쳤다면 제가 책임지겠습니다."

"본인에게 잘못이 있다고 생각하나?"

"……편하게 말씀드립니까?"

"내가 불편하게 한 적은 없는 것 같은데? 편하게 이야기해."

최한철은 여전히 미소 띤 얼굴이었지만 그 안에는 묘하게 차가움이 공존했다.

대한은 힐긋 박희재를 보았다.

그러나 박희재의 얼굴에는 조금도 긴장한 기색이 없었다.

'역시 말년은 달라. 뒤가 없어, 아주.'

벌벌 기어도 이상하지 않을 상황이었지만 박희재는 그의 눈을 똑바로 바라보며 말을 이었다.

"인터뷰에서 말씀드렸다시피 저흰 그저 국민의 군대로서 최선을 다했을 뿐입니다."

"군인으로서 할 일을 한 것뿐이다? 그래서 잘못이 없다는 건가?"

"책임을 지라고 하시면 지겠습니다. 하지만 제가 했던 행동이 잘못되었다고 생각하진 않습니다."

최한철이 들고 있던 찻잔을 내려놓은 후 얼마간 박희재를 빤히 바라보더니 천천히 입을 열었다.

"하여튼 자네도 참 옛날 군인이야."

"……잘못 들었습니다?"

"꽉 막혔다고 자네도. 이런 사람이 진급을 해야 하는데……
소대장, 자넨 어떻게 생각하나?"

대한은 최한철의 말을 바로 이해했고 웃으며 답했다.

"요즘 보기 드문 참 군인이라고 생각합니다!"

"그래, 다들 이렇게 군 생활해 주면 얼마나 보기 좋아."

꽉 막혔다고 한 건 결코 나무란 게 아니었다. 그저 박희재의
소신 있는 모습을 투박하게 칭찬한 것뿐.

최한철이 다시 고개를 돌려 박희재를 보며 말했다.

"요즘 마음에 드는 후배가 없었는데 우리 직할대에 이런 인
재들이 숨어 있었구먼."

"……감사합니다."

"그나저나 보니까 대대장으로 짬을 어마어마하게 먹었던
데…… 이리 된 건 일전에 사단장님한테 찍혀서 그런 거겠지?"

"설마 그것 때문이겠습니까. 그냥 제가 능력이 부족해서 그
런 거라고 생각하고 있습니다."

"그래서 중령으로 옷 벗으려고?"

"그래야 되지 않겠습니까?"

"누가 봐 준대?"

"예?"

순간 공기가 이상해졌고 최한철을 제외한 모두가 눈알을 굴
렸다.

'설마 진급하는 거야?'

대령 포기 중령.

박희재는 3차 진급까지 모두 떨어진 중령으로서 사실상 올라갈 길이 없었다.

물론 운이 좋다면 대령으로 진급하는 경우가 있다지만…….

'그건 너무 희망 고문이지.'

괜한 기대감을 불어넣어 사람 마음을 뒤숭숭하게 할 뿐이었다. 마치 대한이 겪었던 것처럼.

그만큼 거의 제로에 가까운 확률이었고 박희재도 그 사실을 알고 있었기에 소탈하게 웃어 보였다.

"군복 벗으라고 할 때까진 열심히 군복 입겠습니다."

"그래, 좋은 마음가짐이다. 자기 전에 밤하늘 보면서 기도도 하고 그래."

"하하, 알겠습니다."

뭐지?

밤하늘이면 장성들 보고 기도하란 건가?

그때, 최한철이 생각에 잠겨 있는 대한을 보며 말했다.

"넌 무슨 생각을 하고 있길래 그렇게 표정이 심각해?"

"아…… 혹시 저희 부대에 징계가 내려질까 봐 그랬습니다."

"하하, 그럴 리가 있겠어? 그것도 부대장이랑 막내가 같이 있는 자리인데 이런 자리서 누굴 혼낼 만큼 나 막 나가는 사람은 아니다."

그 말에 제대로 웃은 건 이원영과 박희재뿐이었다.

부대장인 그들이야 공감을 할 수 있었겠지만, 대한은 그저 일개 소위.

장단에 맞춰 웃을 짬이 아니었다.

그렇게 웃는 둥 마는 둥 어색한 표정을 짓고 있을 때, 최한철이 몸을 돌려 대한을 제대로 바라보며 물었다.

"내가 소대장한테 궁금한 게 하나 있는데."

"예! 최선을 다해 답변드리겠습니다!"

"인터뷰할 때 했던 말들 중에 항상 부대 가용 장비를 생각하고 출동 인원들이 준비되어 있다고 한 말. 그 말에 대해서 좀 설명해 볼래?"

최한철은 대한의 인터뷰 내용을 정확히 기억하고 있었다.

그리고 대한이 그때 한 말은 그냥 한 말이 아니었다.

'출동 MATRIX'라고 지금은 아니지만 대한이 대위이던 시절, 매일 같이 최신화하던 것 중 하나.

이는 상황 발생시 누가 부대에 잔류하고 있고 출동 병력들이 어떤 차량에 탑승해야 할지 정리하는 일로 출동 MATRIX가 도입된 후 실제로 출동 시간이 엄청나게 줄어들었다.

하지만 그만큼 행정 소요가 많이 늘어나 간부들의 불만도 많았는데 놀랍게도 출동 MATRIX를 만든 인물이 바로 훗날 대장이 된 최한철이었다.

그렇기에 대한은 속으로 미소를 지었다.

'역시 관심 보일 줄 알았다.'

딱히 그를 염두에 두고 한 말은 아니었지만 그래도 그 관심
사가 어디 갈까?

대한은 예전에 최한철이 했던 설명을 떠올리며 대답을 잇기
시작했다.

그의 맑게 빛나는 눈을 똑바로 쳐다보며 말이다.

다음 권으로 이어집니다

로프부터
장군까지